DIE FEHRING-ENTFÜHRUNG

AF215517

Juergen von Rehberg

DIE FEHRING-
ENTFÜHRUNG

Bibliografische Information der Deutschen Nationalbibliothek:
Die Deutsche Nationalbibliothek verzeichnet diese
Publikation in der Deutschen Nationalbibliografie;
detaillierte bibliografische Daten sind im Internet
über http://dnb.dnb.de abrufbar.

Herstellung und Verlag: BoD – Books on Demand,
Norderstedt

ISBN: 978-3-7494-3116-8

Die Gazetten waren voll davon und fast jeder TV-Sender berichtete darüber:

**Arne Fehring, der Erbe der „Fehring-Werke",
wurde von maskierten Tätern entführt.**

Gottfried Fehring hatte die Firma 1920 gegründet, zusammen mit seinem Freund Knut Hansen. Es war nur ein kleiner Betrieb, der aus vier Personen bestand: Gottfried Fehring, Knut Hansen, Helmut Breuer und Melitta Döneken.

Helmut Breuer war ein junger Mann, der Schlosser gelernt hatte, ebenso wie seine beiden Chefs, und Melitta Döneken, eine blutjunge Frau, war für die Büroarbeit zuständig. Sie sollte später die Ehefrau von Gottfried Fehring werden.

Der metallverarbeitende Betrieb wuchs sehr schnell, und schon bald hatte sich die Anzahl der Mitarbeiter beträchtlich erhöht.

Während Knut Hansen für den handwerklichen Teil die Verantwortung beibehielt, wendete sich Gottfried Fehring der kaufmännischen Seite zu. So ergänzten sich die beiden Freunde auf das Vortrefflichste.

Durch die Zusammenarbeit im Büro kamen sich Gottfried und das junge Fräulein Melitta näher, was dazu führte, dass im Dezember 1923 „Klein Uwe" auf die Welt kam. Zuvor hatten sich die beiden Verliebten jedoch – vor Gott und der Welt - das Jawort gegeben.

Als der 2. Weltkrieg begann, war Uwe einer der Ersten, die zum Dienst an der Waffe eingezogen wurden. Er wurde Maschinist und diente zuletzt auf dem Zerstörer Z 35.

Der Zerstörer wurde zum Minenlegen eingesetzt. In der Nacht zum 12. Dezember war er, zusammen mit weiteren Kriegsschiffen, bei Reval im Einsatz.

Bedingt durch starken Nebel lief er auf eine deutsche Minensperre und sank. Uwe Fehring war einer der 87 überlebenden Besatzungsmitglieder.

Er geriet in sowjetische Kriegsgefangenschaft, aus welcher er 1952 nach Hause zurückkehrte. Es grenzte an ein Wunder, dass er die Gefangenschaft überlebt hatte.

Nur zwei Jahr später verstarb sein Vater, und Uwe Fehring musste den Betrieb übernehmen. 1959 heiratete Uwe Fehring Helga Küppers, eine rheinische Frohnatur.

Es dauerte fast drei Jahre, bis sich der ersehnte Nachwuchs einstellte. Der erhoffte Stammhalter war jedoch weiblicher Natur, und wurde auf den Namen „Antje Elisabeth" getauft.

Das war der geforderte Kompromiss, denn Helga bestand darauf, quasi als Kontrapunkt zu dem nordischen Namen „Antje", den rheinischen Wohlklang des Namens „Elisabeth" hinzuzufügen.

Und so kam es, dass Papa Fehring seinen kleinen Liebling „Antje" nannte, hingegen Mama Fehring ihre Tochter „Lisbeth".

Uwe fügte sich, war er doch ohnehin seiner geliebten Helga nicht gewachsen. Uwe war von Anbeginn ihrem natürlichen Charme erlegen.

Die kleine Firma war auf der Woge des Wirtschaftswunders mitgeschwommen, und war zu einem ansehnlichen Unternehmen herangewachsen.

Die „Fehring-Werke" hatten sich als Zulieferer für Schiffsbedarf einen Namen gemacht und zu finanziellem Wohlstand geführt. Eine Villa in Travemünde, direkt an der Ostsee, zeugte davon.

Antje war der Sonnenschein in der Villa Fehring. Papa Uwe vergötterte seine Tochter. Seine anfängliche Enttäuschung darüber, dass ihm der gewünschte Stammhalter verwehrt worden war, wandelte sich schon bald in Bewunderung für Antje.

Nachdem Antje das Abitur mit Auszeichnung bestandenen hatte, studierte sie Betriebswirtschaftslehre und besuchte nebenbei eine Fachhochschule, um das Befähigungszeugnis zum nautischen Wachoffizier zu erwerben. Und kurz vor ihrem 34. Geburtstag bekam Antje das Kapitänspatent ausgehändigt.

Die Freude darüber währte jedoch nur kurz. Es war, als hätte ihr Vater diesen Augenblick unbedingt noch erleben wollen. Die Spätschäden aus der Zeit als russischer Kriegsgefangener hatten seinen Körper unaufhaltsam zerstört.

Den Geburtstag seiner Tochter feierte Uwe Fehring noch mit, bevor er – nur wenige Tage später – seine Augen schloss.

Die Trauergesellschaft wurde zum Auflauf heimischer Prominenz. Außer der Verwandtschaft von Uwe, war auch die rheinische Verwandtschaft angereist. Und die sorgte dafür, dass der anschließende Leichenschmaus zu einer recht unterhaltsamen Angelegenheit wurde.

Antjes Mutter konnte den Verlust ihres geliebten Gatten nur schwer verwinden. Sie hatten eine sehr glückliche Ehe geführt, und nur mit Hilfe Antjes vermochte sie die allgemein vorherrschende Stimmung beim Leichenschmaus zu ertragen.

Als die Verwandtschaft ein paar Tage später wieder abgereist war, bat Helga ihre Tochter um ein Gespräch. Es ging um die Zukunft der „Fehring-Werke".

Gottfried Fehring hatte den Ersten Weltkrieg nicht aktiv mitgemacht. Ein angeborener Herzfehler hatte dazu geführt, dass er für „untauglich" befunden wurde.

Anders hingegen sein Freund und Firmenmitbegründer Knut Hansen. Er kam nicht mehr aus dem Krieg nach Hause und galt als verschollen, irgendwo bei Verdun.

Und somit wurde Uwe damals - nach dem Tod seines Vaters - der einzige Nachfolger auf dem Chefsessel.

„Ich habe dich um das Gespräch gebeten, weil wir gemeinsam darüber entscheiden müssen, wie es mit der Firma deines Vaters weiter gehen soll", begann Helga Fehring das Gespräch mit ihrer Tochter Antje.

„Das ist allein deine Entscheidung, Mutter", erwiderte Antje.

„Du irrst dich, Kind", sagte Helga, *„ganz so einfach ist das nicht."*

„Wieso, Mutter?", fragte Antje, und Helga antwortete:

„Weil es unser gemeinsames Erbe ist."

„Entscheide du, bitte", sagte Antje, *„und ich werde die Entscheidung mittragen."*

„Ach Kind", erwiderte Helga mit einem tiefen Seufzer und einem feinen Lächeln.

„Was glaubst du, würde Vater wollen?", fragte Antje.

Helga sah ihre Tochter lange an. Sie musste daran denken, wie stark sie, Gottfried und Antje miteinander verbunden waren. Es gab zu keiner Zeit irgendwelche Eifersüchteleien zwischen ihnen.

„*Er würde sich wünschen, dass du die Firma übernimmst, und leitest.*"

„*Wie kannst du das wissen?*", fragte Antje völlig überrascht.

„*Weil er es einige Male gesagt hat, mein Kind*", antwortete Helga.

„*Das glaube ich nicht*", antwortete Antje fast ein wenig barsch, „*wieso hat er es dann nie zu mir gesagt?*"

„*Weil er dich über alles geliebt hat*", antwortete Helga.

Nun schwiegen die beiden Frauen. Sie sahen einander an, unschlüssig, wer den nächsten Satz sagen soll.

„*Deinem Vater war wohl bewusst, wie glücklich du darüber warst, dass du die Ausbildung zum Kapitän geschafft hast. Die Liebe zum Meer hat euch verbunden.*

Als Mädel vom Rhein konnte ich da natürlich nicht mithalten. Mir wurde schon schwindelig, wenn wir mit dem Segelboot rausgefahren sind.

Er hätte nie von dir verlangt, dass du dich in die Firma einbringst. Und darum hat er dir das nie gesagt. Ich sage dir das jetzt nur, damit du weißt, dass er dir die Leitung der <Fehring-Werke> bedenkenlos zugetraut hätte."

„*Und du sagst es mir jetzt, um mich moralisch unter Druck zu setzen*", sagte Antje zum großen Erstaunen ihrer Mutter.

„*Das denkst du wirklich von mir?*", fragte Helga ihre Tochter, und eine leichte Enttäuschung schwang dabei in ihrer Stimme mit.

„*Natürlich nicht, Mutter*", erwiderte Antje schnell, „*das war dumm und lieblos von mir. Bitte, verzeih!*"

„*Ist schon gut, Kind*", sagte Helga, und ergriff die Hand ihrer Tochter.

„*Ich erwarte keinesfalls, dass du deinen Traum von <Großer Fahrt> aufgibst, genauso wenig, wie das dein Vater getan hätte.*

Es geht nur darum, ob wir einen Geschäftsführer einstellen, oder ob wir die Firma verkaufen. Wie du ja weißt, verstehe ich von geschäftlichen Dingen rein gar nichts."

„*Das kann ich Papa nicht antun*", sagte Antje, „*die <Fehring-Werke> waren doch sein Leben.*"

Das hätte Helga Fehring von ihrer Tochter nicht erwartet. Sie hätte alles Verständnis der Welt dafür gehabt, wenn Antje ihrem Beruf als Kapitänin nachgegangen wäre.

„*Willst du das wirklich tun, Lisbeth?*", fragte Helga. Antje sah ihre Mutter an. Es war lange her, dass Helga sie so genannt hatte.

Als es Uwe immer schlechter ging, und der heran-
nahende Tod sich immer mehr abzeichnete, nannte
Helga ihre Tochter nur noch „Antje". Sie wollte dem
geliebten Menschen wohl eine Freude damit bereiten.

Uwe hatte Helga gefragt, warum sie das mache,
und Helga hatte mit dem Blick der Wahrhaftigkeit
geantwortet, dass ihr „Antje" einfach viel besser ge-
fiele als „Lisbeth".

„Ja, Mama, das will ich", sagte Antje. Sie hatte
nicht einen Moment darüber nachdenken müssen.

„Und was ist mit der christlichen Seefahrt?", fragte Helga mit einem feinen Lächeln.

„Was soll damit sein, Mama", erwiderte Antje,
„die werde ich wohl an den berühmten Nagel hän-
gen."

„Dabei hast du so chic ausgesehen in deiner Uni-
form", sagte Helga.

„Ja, ja", entgegnete Antje, „der Zauber der Mon-
tur."

Und damit war das Kapitel „Kapitän Fehring"
endgültig geschlossen.

*****

14

Antje hatte sich überraschend schnell in die Materie eingearbeitet. Eine große Hilfe dabei war ihr Jan Feddersen, ein Vertrauter und langer Mitarbeiter ihres Vaters.

Jan war zwar um sechzehn Jahre älter als Antje, was ihn aber nicht daran hinderte, heftige Gefühle für Antje zu hegen. Seine hanseatische Art war ihm jedoch so sehr im Weg, dass er seine Gefühle Antje gegenüber nicht offenbaren konnte.

Helga hatte das längt bemerkt und Antje darauf angesprochen. Antje tat die Bemerkung ihrer Mutter mit den Worten ab:

„Das ist doch Unsinn, Mutter. Jan ist ein lieber Freund und ich mag ihn ja auch. Aber mehr ist da nicht. Außerdem wäre er viel zu alt für mich."

„Dein Vater war auch sieben Jahre älter als ich", antwortete Helga, worauf Antje erwiderte:

„Sieben Jahre lasse ich mir gefallen; aber Jan ist sechzehn Jahre älter."

„Woher weißt du das so genau?", fragte Helga, und Antje antwortete:

„Aus seinem Personalbogen."

„Also hast du dich doch für ihn interessiert", bohrte Helga weiter.

„*Ich bin zufällig einmal darauf gestoßen*", erwiderte Antje.

„*Es ist schön, dass du noch immer rot wirst, wenn du schwindelst*", sagte Helga lachend.

„*Mutter!*"

*****

Es war einer jener Tage, der nach einem Besuch im „CE SOIR" verlangte.

Das „CE SOIR" war eine kleine Bar, die auf dem Nachhauseweg lag. Antje hatte sie per Zufall entdeckt und sich sofort in sie verliebt.

Es war eine kleine, intime Lokalität auf gehobenem Niveau, in welche sich auch keine Touristen verirrten. Es gab einen Pianospieler und einen tollen Barkeeper.

Der Barkeeper ließ sich „Mischa" nennen, und hieß wahrscheinlich gutbürgerlich Michael. Aber vielleicht hieß er ja tatsächlich Mischa, obwohl er kein Russe war.

Wie der Mann am Piano hieß, wusste Antje gar nicht. Es hatte sie auch bisher nicht interessiert. Sie hätte ja nur Mischa fragen müssen; aber, wie gesagt, es interessierte sie nicht.

„Hallo Mischa!"

„Guten Abend, gnädige Frau!

Hatten Sie wieder einen schweren Tag?"

Antje musste lächeln. Das Begrüßungsprozedere war „the same as always".[1] Es hatte sich im Laufe der Zeit so eingeschliffen, und beiden Beteiligten gefiel es.

„Machst du mir bitte einen Martini?"

„Sehr gern, Madame, gerührt und nicht geschüttelt."

Mischa war schätzungsweise schon weit jenseits der Sechzig. Er gehörte praktisch zum Inventar. Er hatte das Gespür, das einen guten Barmann ausmacht.

Er wusste, wann er reden sollte, und wann er schweigen musste. Und er konnte auch sehr gut zuhören.

„Es ist sehr ruhig heute", sagte Antje, als sie den ersten Schluck genommen hatte. Sie steckte sich eine Zigarette an, und Mischa gab ihr Feuer.

Antje war gewohnt von einem Geräuschpegel umgeben zu sein, der laut genug war, um sie die Probleme vergessen zu lassen, mit denen sie bei der Tür

---

[1] Dasselbe wie immer

hereingekommen war, aber auch leise genug, um sich nicht davon gestört zu fühlen.

Sie nahm an diesem Abend zum ersten Mal das Spielen des Mannes am Piano wahr, von dem sie den Namen nicht kannte.

„*Wie heißt eigentlich der Pianomann?*", fragte sie Mischa, und Mischa antwortete:

„*Er heißt Louis Dubois, Madame.*"

„*Ein Franzose*", sagte Antje, und Mischa erwiderte:

„*Nein, Madame, Louis ist Belgier.*"

„*So, so*", murmelte Antje, „*ein Belgier also…*"

Nach ein paar weiteren Martinis nahm Antje den Mann aus Belgien etwas genauer unter die Lupe.

„*Seltsam*", dachte Antje, „*wieso ist mir dieser Schönling bisher noch nie aufgefallen?*"

„*Spielt der schon länger hier?*", fragte sie daraufhin Mischa, und Mischa antwortete:

„*Das weiß ich gar nicht so genau. Aber ein, zwei Jahre sind das bestimmt; wenn nicht sogar noch mehr.*"

Als hätte der Pianomann das mitbekommen, schaute er plötzlich in die Richtung von Antje. Er nickte ihr zu, und Antje nickte zurück.

„Was mache ich denn da", fuhr es ihr durch den Sinn. Sie wandte sich ab und sagte zu Mischa:

„Machst du mir noch einen? "

Mischa wollte Antje darauf aufmerksam machen, dass das Glas, welches sie in der Hand hielt, noch ziemlich voll wäre; unterließ es aber und tat, worum er gebeten worden war.

Mit einem *„sehr gern, Madame"*, stellte er das neue Glas vor Antje auf den Tresen. Mischa war eben – wie bereits erwähnt – ein perfekter Barkeeper.

Das Repertoire des Pianomannes reichte von Klassik, über Filmmusik, bis hin zu Schlagern aus den goldenen Zwanzigern.

Als zu später Stunde das Lied *„Wenn die Elisabeth nicht so schöne Beine hätt"* erklang, jenes Lied, das von dem österreichischen Komponisten, Robert Katscher komponiert, und von Karl Farkas getextet wurde, fühlte sich Antje Elisabeth Fehring direkt angesprochen.

Sie drehte sich um, sah zu dem Musiker hin, und schlug demonstrativ ihre Beine übereinander. Louis Dubois griff daraufhin noch inbrünstiger in die Tasten und schickte einen schmachtenden Blick herüber.

„Erlauben Sie mir bitte, Sie auf einen Drink einzuladen?"

Der Pianomann war am Ende des Liedes zu Antje gegangen, um sie das zu fragen. Antje sah in die dunklen Augen des Mannes, und sie empfand eine leichte Verunsicherung.

Das gepflegte Äußere, seine Figur, einem griechischen Gott ähnlend, und seine sonore Stimme, waren ein Komplettpaket, welches jeder Frau gefährlich werden musste.

Und als wenn das noch nicht genug gewesen wäre, stieg Antje der Duft von „BLEU DE CHANEL" in die Nase, jenem teuren, unnachahmlichen Herrenduft, den man als Frau einfach lieben musste.

„Das kommt ganz darauf an, was Sie investieren wollen", antwortete Antje, bereit sich auf dieses Spiel mit unbekanntem Ausgang einzulassen.

„Choisissez, Madame!"[2], kam prompt die Antwort des Pianomannes, und Antje antwortete, ebenso prompt:

„Champagne, Monsieur; un verre à champagne!"[3]

Der Pianomann zögerte einen Augenblick und sagte dann:

---

[2] Wählen Sie, gnädige Frau!
[3] Champagner, mein Herr; ein Glas Champagner

„Mischa, gib uns bitte eine Flasche Champagner!"

Antje war fast ein wenig enttäuscht, dass der Pianomann nicht weiter Französisch gesprochen hatte. Sie liebte diese Sprache, und aus dem Mund des Barmanns klang sie wie Musik.

„Gestatten Sie, dass ich mich vorstelle. Mein Name ist Louis Dubois, und ich freue mich sehr, dass Sie mir erlauben Ihre Bekanntschaft zu machen."

Während er das sagte, hatte sich der Pianomann leicht verbeugt, und danach die Hand von Antje ergriffen, um einen gekonnten Handkuss darauf zu platzieren.

Antje genoss es sichtlich. Sie liebte gute Manieren. Und die Mischung aus gutem Aussehen und guten Manieren ließen wohlige Gefühle in ihr aufsteigen.

„Nennen Sie mich Elisabeth, oder einfach nur Élise", sagte Antje, um zum Französischen zurückzukehren.

„Sehr gern, Élise", antwortete der Pianomann, *„dann nennen Sie mich Louis."*

Mischa hatte inzwischen den Champagner geöffnet und die Gläser gefüllt.

„Auf einen schönen Abend mit einer wunderschönen Frau!"

„*Ich glaube, es ist schon eher Nacht*", erwiderte Antje lächelnd und hielt ihr Glas dem Pianomann entgegen.

Dieser stieß er mit ihr an und erwiderte:

„*Dann eben auf eine wunderbare Nacht, Élise!*"

Damit war der Funke entzündet, der sich unaufhaltsam zu einer lodernden Flamme entwickeln sollte.

Es verging auch nur wenig Zeit, bis die Champagnerflasche geleert war, und Antje mit dem Barmann das <CE SOIR> verließ.

*****

„*Guten Morgen, Élise. Hast du gut geschlafen?*"

Antje hatte Mühe, ihre Augen zu öffnen. Das einfallende Sonnenlicht, welches aggressiv durch das Fenster ins Innere drang, tat ihr weh.

„*Wie spät ist es?*", fragte Antje, die in diesem Augenblick bemerkte, dass sie nackt war unter der Decke.

Was sie jedoch noch mehr erschreckte, war das Erscheinungsbild des Fragenden. Der Pianomann stand – wie ihn Gott geschaffen hatte – vor ihr, als er seinen Morgengruß erbrachte.

„Es ist etwas über neun", antwortete der Pianomann, und setzte nach:

„Kaffee oder Tee? "

„Weder noch", antwortete Antje, *„ich muss schleunigst weg. "*

„Ohne zu duschen, und ohne Frühstück? ", fragte der Pianomann schmunzelnd, *„das ist nicht nur unhygienisch, sondern auch ungesund. "*

Bei Antje begann gerade die Erinnerung der vergangenen Nacht das Tageslicht zu erblicken.

Ihre bisherigen sexuellen Erfahrungen hielten sich in Grenzen. Aber was ihr gerade wieder in Erinnerung kam, war ein Feuerwerk der Gefühle.

Louis Dubois, belgischer Pianomann und Beau, hatte sie von einem Gipfel sexueller Lust – über den schmalen Grat drohender Ohnmacht - auf den nächsten Gipfel geführt.

Allein die Erinnerung daran ließ den Wärmehaushalt ihres Körpers erneut durcheinanderwirbeln. Sie fühlte, wie die Hitze ihre Wangen zum Glühen brachte, und wie ihr Herz zu rasen begann.

„*Hat dir die letzte Nacht gefallen, Élise?*", fragte Louis, und sein breites Grinsen bereitete Antje ein gewisses Unbehagen.

„*Kannst du mir bitte ein Taxi rufen?*", fragte sie, und Louis antwortete:

„*Jetzt gehst du erst einmal duschen, dann frühstücken wir gemeinsam, und danach fahre ich dich, wohin du willst.*"

„*Ich bestimme immer noch selbst über mich*", erwiderte Antje barsch, „*und jetzt rufe mir das verdammte Taxi!*"

Der Ton in Antjes Stimme veranlasste Louis unmittelbar, ihrem Wunsch nachzukommen. Ein paar Minuten später saß Antje im Taxi und nannte dem Fahrer ihre Wohnadresse.

*****

Die kommenden Tage und Wochen waren von heftigen Zweifeln geprägt. Antje fühlte sich zwischen Vernunft und Leidenschaft hin- und hergerissen.

Die Vernunft sagte ihr, dass es ein Fehler war sich auf den Pianomann einzulassen. Das Penthouse und seine hochpreisige Einrichtung ließen nur einen

Schluss zu: nur mit Klavierspielen war das alles wohl kaum finanzierbar.

Antjes Gefühl jedoch rief ihr zu: *„Frag nicht lang; nimm es, wie es ist, und genieße es!"*

Allein die Erinnerung an jene Nacht vermochte Antje in einen Erregungszustand zu versetzen, der ihr unheimlich war.

Noch unheimlicher hingegen war das Ergebnis eines Tests, welchen sie ca. sechs Wochen später gemacht hatte. Die Bestätigung durch die Frauenärztin war lediglich eine Formsache: Antje war schwanger.

Sie fuhr unmittelbar danach zum „CE SOIR", um mit dem Pianomann zu sprechen; aber er war nicht da. Als sie Mischa fragte, der gerade dabei war seinen Barbestand aufzufüllen, wann Louis kommen würde, antwortete Mischa:

„Wenn er ausgeschlafen hat, und das dauert gewöhnlich bis in die späten Mittagsstunden."

„Wieso schläft Louis denn so lang?", fragte Antje.

Mischa sah Antje fast ein wenig mitleidend an, als er antwortete:

„Weil er immer erst in den frühen Morgenstunden in sein Bett steigt."

„Das verstehe ich nicht", setzte Antje nach, „seine Arbeit hier dauert doch längstens bis Mitternacht, oder etwa nicht?"

„Schon", erwiderte Mischa, „aber das heißt doch nicht automatisch, dass er dann gleich nach Hause gehen muss."

„Das verstehe ich", sagte Antje, „aber du sagtest gerade, dass er erst in den frühen Morgenstunden zu Bett geht. Was macht er bis dahin?"

Mischa, dem klar geworden war, dass Antje keine Ruhe geben würde, entschloss sich nun, ihr die volle Wahrheit zu sagen.

„Louis spielt nach Feierabend mit Freunden Karten. Sie spielen um Geld. Und das dauert eben bis in den Morgen hinein."

Antje begann zu begreifen, was Mischa gerade versuchte ihr beizubringen; aber sie wollte es nicht zulassen.

„Willst du mir damit andeuten, dass Louis ein Spieler ist?", stieß Antje heftig hervor, und es klang fast so, als unterstelle sie Mischa eine Lüge.

„Louis ist kein Spieler", erwiderte Mischa völlig ruhig, aber in einem festen, klaren Tonfall, „er ist sein Sklave."

Die Farbe war aus Antjes Gesicht gewichen. Mit kaum vernehmbaren Worten fragte sie:

„Wo wohnt Louis? Und gib mir bitte seine Tele-fonnummer."

Als Antje vor Wochen die Nacht bei Louis ver-brachte, war ihr noch nicht einmal bewusst geworden, in welcher Straße Louis wohnte, geschweige denn, in welchem Haus das war.

„Ich schreibe es Ihnen auf, gnädige Frau", sagte Mischa, der Antje inzwischen einen Cognac eingegossen hatte.

Antje leerte das Glas in einem Zug, nahm den Zettel und verließ grußlos das „CE SOIR".

*****

Die Hochzeit von Antje und Louis wurde in einem kleinen Rahmen abgehalten. Louis weigerte sich zunächst davor, eine Ehe einzugehen; aber die Aussicht auf ein festes, regelmäßiges Einkommen vermochte ihn dann doch noch zu überzeugen.

Nach dem Standesamt ging es in die Kirche, und danach in ein Restaurant, etwas außerhalb gelegen, um unliebsame Paparazzi fernzuhalten.

Das funktionierte jedoch nicht, wie gewollt. Irgendwie musste die Yello Press davon Wind bekommen haben, und nur Tage später konnte Antje die Bilder ihrer Hochzeit in den einschlägigen Printmedien ansehen. Es waren sogar Bilder aus der Kirche dabei.

Für die Mutter von Antje war es ein trauriger Tag. Sie sah in Louis auf Anhieb den Menschen, der er war, und sie konnte nicht verstehen, warum Antje das machte.

Sie hatte versucht, Antje davon abzuhalten, was von Antje sofort im Keim erstickt wurde.

„Es geht mir um den guten Ruf unseres Namens", argumentierte Antje, *„und damit basta!"*

Helga fügte sich, nicht jedoch noch Antje zu bedrängen, wenigstens einen Ehevertrag zu schließen. Aber das hatte Antje auch ohnehin bereits geplant.

Und so wurde ein Vertrag geschlossen, der beinhaltete, dass Louis nach der Eheschließung den Namen „Fehring" tragen sollte, dass Gütertrennung vereinbart wäre, und dass das Kind – bei einer eventuellen Scheidung – bei der Mutter verbliebe.

Louis stimmte dem zu, bekam er doch als Gegenleistung eine beträchtliche monatliche Zuwendung, die jedoch bei einer Scheidung mit sofortiger Wirkung wegfallen würde.

Zur großen Überraschung von Antje fand bei Louis eine Veränderung statt.

Er hatte ohne Widerspruch seine Tätigkeit als Pianomann im „CE SOIR" aufgegeben. Als Ehegatte

28

einer bekannten Persönlichkeit wäre das einfach nicht passend gewesen. Louis begleitete Antje zu allen gesellschaftlichen Anlässen, und er machte eine mehr als gute Figur dabei.

Antje hatte nun einen Ehemann, der sich ihr gegenüber wie ein Gentleman verhielt, der ihr gelegentlich Blumen brachte, und der ihr guten Sex schenkte.

Helga, welche diese Entwicklung argwöhnisch beobachtet hatte, konnte nicht umhin, Sympathie für Louis zu empfinden. Ganz offensichtlich hatte sie sich in diesem Mann gründlich geirrt.

Als dann noch Arne geboren wurde, war das Glück vollkommen. Im Hause Fehring war eine alles überstrahlende Sonne aufgegangen, wovon man überzeugt war, sie würde niemals untergehen.

*****

Klein Arne war ein pflegeleichtes Kind, und seine Großmutter Helga vergötterte ihn geradezu. Als Antje ein Kindermädchen einstellen wollte, wehrte Helga das Ansinnen ihrer Tochter mit der Begründung ab, dass sie sich als Oma sehr gut um den kleinen Sonnenschein kümmern könne.

Antje beugte sich dieser Entscheidung nur schwer, weil Helga Herzprobleme hatte, und Antje befürchtete, dass es für ihre Mutter zu viel werden könnte.

Aber Helga setzte sich mit ihrem rheinischen Charme durch, getreu des Artikel 3 aus dem „Rheinischen Grundgesetz: *„Et hätt noch emmer joot jejange. (Es ist bisher noch immer gut gegangen).“*

Louis war ebenfalls sehr angetan von seinem Sohn, und Antje sah mit großer Freude, wie sehr sich Louis auf Arne einließ.

Er brachte Arne in den Kindergarten, und in den ersten Jahren auch zur Schule. Antje musste sogar aufpassen, dass sich kein Konkurrenzkampf zwischen Ehemann und Omi Helga entwickelte.

Die meiste Zeit verbrachte Arne jedoch bei seiner Großmutter. Er machte seine Hausaufgaben unter ihrer Aufsicht und ließ sich von Omi Helga verwöhnen.

Das blieb auch so, als Arne ins Gymnasium kam, selbst noch danach, während seines BWL-Studiums. Nur das mit den Hausaufgaben war weggefallen.

Aber schon bald zogen erste dunkle Wolken am familiären Himmel auf.

Antje kam in letzter Zeit immer später aus der Firma nach Hause, was ihre Mutter mit Besorgnis registrierte. Sie hatte schon mehrmals versucht, Antje darauf hinzuweisen, dass der Kontakt zwischen ihr und Arne viel zu kurz käme.

Antje versprach dies zu ändern, was auch für einen kurzen Zeitraum zu funktionieren schien; aber schon bald fiel sie wieder in ihren alten Trott zurück.

Auch das Interesse von Louis an ihrem gemeinsamen Sohn hatte merklich nachgelassen. Er verbrachte jetzt sehr viel Zeit auf dem Golfplatz, und er zog es vor mit den Damen über den Platz zu gehen, deren Ehemänner keine Zeit hatten.

Als dann noch Bilder in der GALA auftauchten, welche unmissverständlich dokumentierten, wie Louis Fehring, der Gatte der millionenschweren Chefin der „Fehring-Werke", seine Freizeit gestaltete, zog Antje Fehring die Reißleine.

Es waren Bilder, welche Louis mit einer unbekannten Schönen in einer verfänglichen Situation zeigten.

Antjes Mutter hatte sie beim Friseur gesehen, und die Zeitschrift gleich mitgenommen, um sie Antje zu präsentieren.

„Ich habe mich scheinbar doch nicht geirrt in diesem Herrn", sagte Helga, und in ihrer Stimme lag nicht der Hauch des Triumphes, vielmehr tiefe Traurigkeit, weil sie wusste, wie sehr das Antje treffen würde.

„Warum?", fragte Antje, als sie die Bilder sah, *„er hat doch alles gehabt..."*

Als sie dieselbe Frage am Abend Louis stellte, versuchte dieser erst gar nicht, sie abzuschwächen oder zu leugnen.

„Fragst du mich das wirklich?", sagte Louis zum großen Erstaunen von Antje, welche alles erwartet hätte, nur das nicht.

„Wie soll ich das verstehen?", fragte Antje, und Louis antwortete:

„Ich bin jung, ich liebe das Leben, und ich habe Bedürfnisse, welche du nicht mehr erfüllst. Deine ständige Müdigkeit, wenn du am Abend aus der Firma kommst, haben schon lange unser Eheleben zerstört."

„Sex?", fragte Antje überrascht, *„meinst du Sex?"*

„Ja", antwortete Louis, *„ich meine Sex. Vielleicht erinnerst du dich daran, dass du ihn früher einmal geliebt und auch immer sehr genossen hast."*

Antje konnte in diesem Augenblick den Vorwurf von Louis noch nicht einmal widerlegen; denn es stimmte ja alles, was er sagte.

„Warum hast du nie mit mir darüber gesprochen?", fragte sie, und als Louis zu lächeln begann, fügte Antje wutentbrannt hinzu:

„Was bist du doch für ein mieser kleiner Gigolo."

„Beschimpfe mich nur, geliebte Gattin", kam die zynische Antwort von Louis, *„das trifft mich über-*

*haupt nicht. Ich habe wenigsten noch Spaß am Leben.
Aber das kannst du nicht verstehen. Du weißt ja schon
gar nicht mehr, was das ist."*

Antje nahm das Bild vom Schreibtisch, auf welchem sie mit Louis und Klein-Arne abgebildet war, und warf es nach Louis.

„Verschwinde, du Schwein", schrie Antje, *„und pack deine Sachen. Ich will dich nie mehr sehen!"*

„Nichts lieber als das", antwortete Louis, noch immer das provozierende Lächeln im Gesicht, *„das hatte ich sowieso vor."*

Als Louis die Tür hinter sich zugezogen hatte, fiel Antje in einen heftigen Weinkrampf.

*****

Zur größten Überraschung von Antje nahm Arne die Nachricht, dass sie seinen Vater hinausgeworfen hatte, sehr gelassen auf.

Arne bewunderte seinen Vater, und er wollte immer so werden wie er. Louis war klug, rhetorisch beschlagen, ein glänzender Unterhalter, und er konnte so wunderbar Klavier spielen. Und ein Schönling war er überdies.

Natürlich waren Arne die kompromittierenden Bilder in der Presse nicht verborgen geblieben. Und selbst, wenn seine Mutter ihn darauf angesprochen hätte, wäre sie ihm damit nicht zuvorgekommen.

Von der Tätigkeit seines Vaters als Pianomann in einer Bar und dessen Spielsucht wusste Arne nichts. Antje wollte, dass ihr Sohn unvoreingenommen seinem Vater begegnen könne.

Auch nach dem Eklat beließ es Antje dabei, und sie bat ihre Mutter es ihr gleich zu tun. Aber schon sehr bald sollte Arne damit konfrontiert werden.

Antje hatte Jan Feddersen gebeten sich intensiver in die Firma einzubringen, damit sie mehr Zeit mit Arne und Oma Helga verbringen konnte.

Jan, dessen heimliche Liebe zu Antje über all die Jahre unvermindert Bestand hatte, sagte ohne zu zögern, zu.

In den Semesterferien von Arne fuhr Antje mit Mutter und Sohn ans Meer. Sie genoss die Tage mit ihren Lieben, und die verloren gegangene Lebensfreude kehrte peu-à-peu wieder zurück.

Doch das Glück war nicht von langer Dauer. Zeitschriften gab es auch im Urlaub zu kaufen, und gleich in mehreren tauchten Bilder und Berichte auf, welche Antje sich, ihrer Mutter, aber vor allem ihrem Sohn, gern erspart hätte.

Der Pianomann war wieder in seinem Element.

Es waren Bilder, welche ihn als Musiker zeigten, umringt und angehimmelt von Damen aus der Gesellschaft, zu welcher er durch seine Heirat Zugang erhalten hatte.

Louis hatte seine Tätigkeit im „CE SOIR" wieder aufgenommen. Durch das Wegfallen seiner monatlichen Zuwendung als Gatte von Antje, war er wieder darauf angewiesen selbst für seinen Unterhalt zu sorgen.

Er hatte sicherlich auch keine Skrupel von den Damen Geld anzunehmen, denen er als Gegenleistung nicht nur seine Fingerfertigkeit auf dem Piano anbot.

Das Schlimmste bei alledem war der Bericht darüber, dass er von der Polizei – wegen illegalen Glücksspiels - verhaftet worden war.

Antje war besorgt darüber, wie Arne auf das reagieren würde. Und da geschah das Unerwartete. Arne tröstete seine Mutter und Oma Helga mit den Worten:

„Ärgert euch doch nicht; dieser Mann ist das gar nicht wert."

Antje umarmte ihren Sohn, und Oma Helga bekam Tränen in die Augen, als sie Arne ansah.

„Er ist ein echter Fehring", sagte sie mit tränenerstickter Stimme, und Antje nickte zustimmend.

*****

„Ruhe! Ich bitte um Ruhe!"

Als das immer noch nichts nützte, steckte die Kriminalhauptkommissarin Daumen und Zeigefinger in ihren Mund und entlockte ihm einen schrillen Pfiff.

Alle im Raum versammelten Kollegen und Kolleginnen wandten sich ihr zu, und die erwünschte Stille trat ein.

„Guten Morgen! Mein Name ist Amanda Holzschuh, und ich leite die SOKO Fehring."

KHKin Holzschuh saß hinter einer Reihe zusammengestellter Tische, eingesäumt von zwei weiteren Frauen.

„Die Kollegin rechts von mir heißt Merle Bach und ist im Rang eines Kriminalkommissars, und die Dame links von mir hört auf den Namen Dr. Eva von Lüdenau. Sie ist Profilerin beim BKA.

Wir drei Mädels sitzen hier nicht, um die Frauenquote hochzuhalten, sondern weil wir alle drei Profis sind. Wir bilden ein Team, welches Sie ergänzen werden.

Ich bin kein Freund dieses Genderwahnsinns. Daher warne ich jeden mich mit <Frau Kriminalhauptkommissarin> anzusprechen. Mir ist lieber, Sie nennen mich einfach <Frau Holzschuh>. Irgendwelche namensbezüglichen, dummen Bemerkungen untersage ich ausdrücklich.

*Frau Bach ist meine rechte Hand und meine Stell-
vertreterin. Ihren Anweisungen ist unabdingbar zu
folgen, so, als kämen sie von mir. Das gilt auch für
Dienstgrade über ihr.*

*Wer in meinem Team mitarbeiten will, muss sich
an meine Regeln halten. Und wem das missfällt, der
kann sich hier und jetzt sofort verabschieden.*

*Ich erwarte Sie alle jeden Morgen, pünktlich um
acht Uhr zu einem Briefing. Ich erwarte Sie ausgeschlafen und beseelt von dem Wunsch, mit mir und
meinen Damen diesen Fall schnellstmöglich zu einem
guten Ende zu bringen.*

*Das wäre alles für den Moment. Frau Bach wird
Sie jetzt auf den Stand der Dinge bringen, und ich
bitte um größte Aufmerksamkeit!"*

Nach dieser Brandrede, wusste auch der Letzte, um
wen es sich um die sagenumrankte Kriminalbeamtin
handelte:

Amanda Holzschuh, KHKin beim LKA, mit einer
unglaublichen Aufklärungsrate, die seit vielen Jahren
schon explizit nur mit KKin Bach und Frau Dr. von
Lüdenau zusammen arbeitete.

Amanda Holzschuh, ledig, 52 Jahre alt, war mit
ihrer 14 Jahre jüngeren Kollegin Merle auch privat
befreundet. Ganz im Gegensatz zu der Dritten im
Bunde, der Profilerin Eva. Obwohl diese altersmäßig
im Bereich von Amanda lag, hatten sie sich nie ange-
freundet.

Man mochte sich, man respektierte und schätzte sich; aber man hielt auf Distanz. Vielleicht lag es einfach nur daran, dass die beiden Frauen aus verschiedenen Lagern kamen. Amanda war die Tochter eines Busfahrers bei den städtischen Verkehrsbetrieben, und Eva stammte aus adligen Kreisen.

„Auch von mir ein herzliches <guten Morgen>, liebe Kolleginnen und Kollegen!"

Mit diesen Worten begann KKin Merle Bach ihre Ausführungen. Im Gegensatz zu Amanda, war Merle eine Befürworterin des Genderns, was immer wieder einmal zum Reibepunkt mit Amanda führte.

„Arne Fehring wurde vor wenigen Tagen entführt. Den genauen Zeitpunkt wissen wir nicht, weil die Familie erst durch einen Brief des beziehungsweise der Entführer davon in Kenntnis gesetzt wurde."

„Wurde die Abwesenheit des Entführten von seinen Angehörigen nicht bemerkt?", fragte ein Kollege, worauf Merle antwortete:

„Arne Fehring wohnt nicht bei seiner Familie, sondern in einer kleinen Stadtwohnung."

„Verlangen die Entführer Lösegeld?", kam die nächste Frage.

„Bisher nicht", antwortete Merle, *„in dem Brief wird nur auf die stattgefundene Entführung hingewiesen, unter Beilegung eines Fotos von dem gefesselten*

Opfer. Die kriminaltechnische Untersuchung erbrachte keine verwendbaren Spuren."

"Wir werden jetzt das Umfeld des Entführten genau durchleuchten. Kommilitonen und Freunde von Arne Fehring, Telefonverbindungen, Mails und Banknachweise."

Amanda hatte das Wort wieder übernommen.

"Frau Bach und ich werden die Mutter und die Großmutter des Entführten befragen. Und noch etwas: Ich möchte ständig auf dem Laufenden gehalten werden. Keine Alleingänge und keine Mitteilungen an die Presse!"

Wenig später saß KHKin Amanda Holzschuh vor Polizeioberrat Geiger.

"Liebe Frau Hauptkommissarin Holzschuh..."

Weiter kam der Leiter der Dienststelle nicht, weil Amanda ihn mit den Worten *"Ich bevorzuge die Anrede <Frau Holzschuh> oder meinetwegen auch <Kollegin Holzschuh>, wenn es Ihnen nichts ausmacht, Herr Geiger."*

POR Geiger, definitiv jünger als Amanda war kurz sprachlos. Man hatte ihn zwar vor der Kollegin Holzschuh im Vorfeld gewarnt, aber das gerade eben überraschte ihn dann aber doch.

Die Ansicht von Amanda, was das Gendern betraf, konnte er ja gerade noch nachvollziehen; aber, dass sie ihn ohne seinen Dienstgrad ansprach, das bereitete ihm Kopfzerbrechen.

Amanda sah ihr Gegenüber mit festem Blick an. In ihrem Blick lagen weder Respektlosigkeit noch Angst.

„Was ich sagen wollte, Frau Holzschuh, ist, dass ich Sie bitten möchte, höchstmögliches Feingefühl beim Bearbeiten dieses Falls walten zu lassen."

Der Polizeioberrat hatte sich für diese Variante entschieden. Er hatte kurz darüber nachgedacht, Amanda auf die korrekte Anrede anzusprechen, verwarf es aber wieder.

Er stellte die Wichtigkeit der Zusammenarbeit mit einer der Besten in diesem Metier über persönliche Befindlichkeiten, und er dokumentierte damit seine Überlegenheit. Zumindest redete er sich das ein.

„Ich entwickle bei jedem Fall das nötige Feinge-fühl, Herr Geiger", erwiderte Amanda, *„ohne Be-rücksichtigung auf Geschlecht, Herkunft und gesell-schaftlichem Stand."*

Damit hatte sie den Polizeioberrat ein weiteres Mal düpiert, und ihm sein vorbereitetes Geschwafel über die Wichtigkeit der Familie Fehring und deren Verbindung bis hinauf in höchste Kreise pulverisiert.

„Ich sehe, wir verstehen uns, Frau Holzschuh", sagte der Polizeioberrat, *„dann bleibt mir nur noch Ihnen viel Erfolg zu wünschen."*

Er stand auf, reichte Amanda die Hand, und er setzte ein Lächeln auf, welches ihn eine Menge Energie und Selbstüberwindung kostete.

„Ich danke Ihnen sehr, Herr Polizeioberrat", erwiderte Amanda, während sie diesem kräftig die Hand schüttelte.

Amanda war noch nicht einmal bei der Tür angelangt, als die Adern von POR Geiger im Bereich seiner Schläfen heftig anzuschwellen begannen.

*****

„Wie war dein Vorsprechen?", fragte Merle, als sie mit Amanda auf dem Weg zur Villa Fehring war.

Amanda lachte. Sie drehte sich zu Merle, die am Steuer saß, und antwortete:

„Das kannst du dir doch denken. Der Herr Polizeioberrat konnte seine Begeisterung, dass man mich ihm aufs Auge gedrückt hat, nur schwer verbergen."

„Der Arme", spöttelte Merle, *„aber was sollte er machen; du bist nun einmal die Beste."*

„Wie recht du hast, mein Schatz", erwiderte Amanda. Merle war die einzige Person in Amandas Umfeld, welcher er Zugang in ihr Innerstes gewährte.

Während Merle einen festen Freund hatte, war Amanda solo unterwegs. Merle hatte Amanda einmal darauf angesprochen, worauf Amanda sehr heftig reagiert hatte.

Das war ein Bereich, welchen Amanda unmissverständlich als „off Limits" erklärte. Merle hatte sie nie wieder darauf angesprochen.

In ihrem gemeinsamen Umfeld waren immer wieder Stimmen zu hören, welche Amanda als heimliche Lesbe bezeichneten. Merle war jedoch davon überzeugt, dass das auf gar keinen Fall zutreffen würde.

„Hast du dir schon einen Schlachtplan überlegt?", fragte Merle, als sie schon fast am Ziel angelangt waren.

„Ich möchte, dass du dich mit der Seniorchefin unterhältst, während ich die Tochter befrage", antwortete Amanda, worauf Merle fragte:

„Warum so und nicht umgekehrt?"

„Weil Antje Fehring und ich etwa im selben Alter sind und weil ich das so will", antwortete Amanda, was Merle zu der Äußerung hinriss:

„Jawohl, Frau Hauptkommissar!"

„Du bist eine freche Wanze", sagte Amanda lachend, *„und du hast nicht den geringsten Respekt vor deiner Vorgesetzten."*

„Aber ich liebe sie", antwortete Merle, *„das ist vielmehr als Respekt."*

Als Amanda und Merle die Auffahrt zur Villa hinauffuhren, wurden sie bereits erwartet. Antje Fehring ging ihnen entgegen, als erwarte sie einen lieben Besuch.

Dass dem nicht so war, konnte man an ihrem verweinten Gesicht erkennen. Sie streckte Amanda die Hand entgegen und sagte:

„Sie müssen Frau Holzschuh sein, die Frau, die mir meinen Sohn gesund wiederbringen wird."

Normalerweise hätte Amanda in einer solchen Situation total abweisend reagiert. Sie hasste es, verzweifelten Menschen vollmundig Hoffnung zu machen.

Aber als sie in das Gesicht von Antje schaute, in welchem sie sogar ein kleines, hoffnungsfrohes Lächeln zu erkennen glaubte, antwortete sie:

„Wir werden alles dafür tun, was notwendig und hilfreich ist."

„Ich danke Ihnen, Frau Holzschuh", erwiderte Antje, und fügte hinzu, indem sie Merle ebenfalls die Hand entgegenstreckte:

„Und Ihnen danke ich auch."

Merle nickte und sah dann hilflos zu Amanda.

Amanda lächelte. Was für sie kein ungewohntes Szenario darstellte, war für Merle völliges Neuland. Es war ihr erster Entführungsfall.

„Lassen Sie uns hineingehen, und dann erzählen Sie mir alles, Frau Fehring", sagte Amanda, und Antje erwiderte:

„Ich würde mich freuen, wenn Sie mich <Antje> nennen, und wenn das für Sie in Ordnung wäre, würde ich Sie auch gern beim Vornamen nennen."

Merle war völlig perplex, als sie Amanda antworten hörte:

„Das ist kein Problem, Antje, ich heiße Amanda und dieses Prachtmädel heißt Merle. Aber jetzt lassen Sie uns bitte hineingehen."

Merle war noch immer total verwirrt, als sie ins Innere der Villa gingen. Sie hätte es, bis noch vor wenigen Augenblicken, völlig ausgeschlossen, dass Amanda die betroffene Angehörige in einer Straftat mit dem Vornamen ansprechen würde. Es sei denn, es hätte sich um ein Kind oder eine minderjährige Person gehandelt.

„Darf ich Ihnen meine Mutter vorstellen?", sagte Antje zu den beiden Kriminalisten, und zu ihrer Mutter gewandt:

„Mutter, das sind Frau Holzschuh und das ist Merle."

Antje wurde ein wenig verlegen, denn den Nachnamen von Merle kannte sie ja nicht. Sie schaute zu Merle und sagte dann leise:

„Bitte, entschuldigen Sie, Merle."

„Ist schon in Ordnung", sagte Merle und gab Antjes Mutter die Hand.

„Können wir beide in einen anderen Raum gehen, Frau Fehring?"

Und bevor Helga Fehring darauf antworten konnte, sagte Amanda ergänzend:

„Das wäre wunderbar. Dann kann ich mich hier inzwischen mit Ihrer Tochter unterhalten, und später setzen wir uns alle zusammen."

Dieser Vorschlag fand bei Helga Fehring nur bedingt Gefallen, während Antje damit sehr einverstanden war.

Als Merle mit Frau Fehring den Raum verlassen hatte, begann Amanda mit der Befragung.

„Ich möchte Sie jetzt bitten, mir das bisher Geschehene in aller Ruhe zu erzählen. Ich werde Sie auch nicht dabei unterbrechen."

Und dann begann Antje Fehring mit der Schilderung einer Entführung, welche schon längst von den Medien aufgesogen, aufgebauscht und breitgetreten worden war.

Am 30. August wurde durch einen Boten ein Umschlag in den Fehring-Werken abgegeben, der ohne Absender, aber mit dem Vermerk *„Frau Antje Fehring persönlich"* versehen war.

Antje Fehring öffnete den Umschlag und entnahm ihm ein Schreiben mit folgendem Wortlaut:

„Wir haben Ihren Sohn in unserer Gewalt. Wir fordern 100.000 Euro in bar. Die Übergabe wird noch bekannt gegeben. Keine Polizei sonst ist Ihr Sohn tot."

Antje Fehring wandte sich zunächst an die Polizei, mit der Auflage, dass die Entführung auf keinen Fall an die Öffentlichkeit gelangen dürfe.

POR Geiger ignorierte dies jedoch. Ob aus Profilierungssucht oder ganz einfach nur aus Dummheit, konnte nicht zweifelsfrei gesagt werden.

Daraufhin rief Antjes Mutter den Senator, Dr. Brenner, einen Freund des Hauses, an, um ihn um Hilfe zu bitten.

Der Senator wandte sich direkt an das BKA, und dieses schickte ihre beste Kraft, in Form von KHKin Holzschuh, nicht jedoch ohne vorher POR Geiger die Leviten zu lesen, und ihm die unbedingte Unterstützung für Amanda nahezulegen.

„Haben Sie den Brief der Entführer noch?", fragte Amanda, und Antje antwortete:

„Nur eine Kopie davon; ich werde sie Ihnen gleich holen."

Als Antje Amanda den Brief überreichte, fügte sie hinzu:

„Es handelt sich wohl um einen Ausländer."

„Wenn Sie das auf die Orthografie beziehen, so könnten Sie Recht haben. Es könnte sich aber genauso um einen Einheimischen mit Schreibschwäche handeln, oder um einen raffinierten Täter, der uns täuschen will."

„Daran habe ich noch gar nicht gedacht", erwiderte Antje, *„da erkennt man sofort den Profi."*

Amanda musste lächeln. Obwohl sie der Frau, die ihr gegenübersaß, und die gerade größte Ängste um ihr Kind ausstand, zum ersten Mal begegnete, fühlte sie sich ihr verbunden.

„Und seither haben Sie nichts mehr von den Entführern gehört?", fragte Amanda.

„Nein", antwortete Antje, *„ist das gut oder schlecht?"*

„Weder noch", erwiderte Amanda, *„das kann man nicht sagen."*

„Wieso reden Sie immer von den Entführern in der Mehrzahl?", fragte Antje, *„könnte es sich nicht auch um nur eine Person handeln?"*

„*Erfahrungsgemäß sind es immer mehrere Täter*",
antwortete Amanda, „*aber wieso fragen Sie das?
Haben Sie vielleicht einen Verdacht?*"

Antje zögerte einen Augenblick mit der Antwort.
Dann sagte sie:

„*Mein geschiedener Mann ist ein Spieler…*"

„*Und nun denken Sie daran, dass er vielleicht
Geld brauchen könnte, und es sich auf diesem Weg
beschaffen will?*", fragte Amanda.

Und bevor Antje darauf antworten konnte, fügte
Amanda hinzu:

„*Ist es vorstellbar, dass das Ganze nur ein Fake
ist, und dass Ihr Sohn mit ihrem Ex-Mann gemeinsame Sache macht?*"

„*Um Gottes willen nein!*", schrie Antje entsetzt.

Sie war aufgesprungen und starrte Amanda mit
bösem Blick an.

„*Bitte, beruhigen Sie sich*", sagte Amanda beschwichtigend, „*ich muss alle Möglichkeiten durchspielen, das gehört nun einmal zu meiner Arbeit.*"

„*Mein Ex-Mann und Arne hatten früher ein gutes
Verhältnis zueinander. Das hat sich aber abrupt geändert, als er die kompromittierenden Bilder seines
Vaters mit anderen Frauen in der Zeitung sah. Seither
hasst er seinen Vater.*"

„Aber dass Ihr Ex-Mann dahinterstecken könnte, das halten Sie – nach wie vor - für möglich."

Wieder zögerte Antje, bevor sie antwortete.

„Eigentlich nicht. Louis ist zwar ein schwacher Mensch mit Machoattitüden, aber seinen eigenen Sohn entführen – das traue ich ihm nicht wirklich zu."

Amanda musste fast ein wenig über das Wort „Machoattitüde" schmunzeln. Sie sah darin die Wahrscheinlichkeit, dass Antje Fehring doch noch Gefühle für ihren Louis hatte.

„Erzählen Sie mir ein bisschen über Arne", bat Amanda, und Antje begann in fast schwärmerischer Manier von ihrem Sohn zu erzählen.

„Als Arne geboren wurde, begann für mich eine neue Zeitrechnung."

Amanda wurde erneut von der außergewöhnlichen Wortwahl der Erzählenden berührt, und sie hörte weiter gebannt zu.

„Arne war vom ersten Atemzug an mein Lebensmittelpunkt. Nicht nur, weil er liebenswert und pflegeleicht im Umgang war, war er auch neugierig und an allem interessiert, was ihn umgab.

Er war ein Einser-Schüler, und seine Lehrer liebten ihn. Bei allem Erfolg, selbst später auf der Universität, hat er nie die Bodenhaftung verloren."

„Was ist mit Frauen?", unterbrach Amanda, „gab es welche oder gibt es jemanden?"

„Nichts Ernstes oder Festes", antwortete Antje, „Arne ist zu sehr mit seinem Studium beschäftigt."

„Das ist außergewöhnlich für einen so jungen Mann", bemerkte Amanda, worauf Antje sofort erwiderte:

„Aber Arne ist nicht schwul, wenn Sie das meinen sollten."

„Daran habe ich überhaupt nicht gedacht", erwiderte Amanda, sehr zur Erleichterung von Antje.

„Hat Arne irgendwelche Freunde, von denen Sie wissen?", fragte Amanda, womit sie sich umgehend den erneuten Argwohn von Antje einhandelte.

„Ich meine zum Beispiel Studienkollegen", fügte Amanda eilig hinzu, „Männer in Arnes Alter haben doch im allgemeinen Freunde im gleichen Alter, mit denen sie gelegentlich ein Bier trinken gehen."

„Wie ich schon sagte", erwiderte Antje, „Arne hat sich voll und ganz seinem Studium gewidmet. Schließlich soll er ja später einmal die Firma übernehmen."

„Will er das denn auch?", fragte Amanda, und Antje antwortete, fast ein wenig unterkühlt:

„Es ist sein größter Wunsch, das Werk seines Großvaters weiterzuführen."

Amanda bemerkte, wie sich Antje Fehring gerade deutlich von ihr zurückzog. Es hätte wohl keinen Sinn gehabt, jetzt noch weiterzumachen.

„Holen Sie bitte Ihre Mutter und meine Kollegin dazu", sagte Amanda, und Antje verließ das Zimmer, um der Bitte von Amanda nachzukommen.

Wenig später kam Antje mit ihrer Mutter und Merle zurück.

„Ich hoffe, meine Kollegin hat Ihnen nicht zu sehr zugesetzt", sagte Amanda scherzhaft, und Helga Fehring antwortete:

„Überhaupt nicht, Ihre Kollegin ist eine entzückende junge Frau. Aber jetzt gibt es erst einmal Kaffee und Kuchen."

„Das ist sehr lieb von Ihnen, Frau Fehring", antwortete Amanda, *„aber wir müssen leider ablehnen. Es ist schon spät, und wir müssen zurück zur Dienststelle."*

Merle schaute überrascht zu Amanda. Sie war davon ausgegangen – wie auch die übrigen – dass ein gemeinsames Gespräch anstehen würde.

„Das ist aber schade", bedauerte Helga Fehring, *„Sie müssen mir versprechen, dass wir das nachholen werden. Nicht wahr, Antje?"*

Antje, die sich nicht wirklich auskannte, was da vor sich ging, antwortete lapidar:

„Unbedingt, Mutter…"

„So machen wir das", fügte Amanda abschließend hinzu, verabschiedete sich von den beiden Damen, und ging mit Merle zum Auto.

„Was war denn das gerade eben?", fragte Merle, und Amanda antwortete:

„Steig ein, wir reden unterwegs darüber."

Als sie im Wagen saßen, fiel Amanda ein, dass sie und Antje sich nicht ein einziges Mal mit dem Vornamen angesprochen hatten.

„Was hat dir die alte Dame erzählt?", fragte Amanda, und wandte sich damit wieder dem Wesentlichen zu.

„Arne ist ihr absoluter Liebling. Er hat ihr von Kindesbeinen an immer alles erzählt. Und er tut das auch jetzt noch. Sogar, dass er eine Freundin hat."

„Arne Fehring hat eine Freundin?", fragte Amanda völlig überrascht, und Merle antwortete:

„Ja, sie ist eine Studienkollegin und heißt Silke Bender."

„Ich werde verrückt", entfuhr es Amanda.

„Was meinst du damit?", fragte Merle.

„Ist nicht wichtig", antwortete Amanda, was Merle einmal mehr verärgerte. Amanda machte das öfter, und Merle konnte das auf den Tod nicht leiden.

„Sagst du es mir trotzdem?", bohrte Merle, und Amanda tat ihr den Gefallen.

„Ist es nicht erstaunlich, dass die Großmutter von der Freundin weiß, aber die Mutter keinen blassen Schimmer hat?"

„Ich finde das eher normal", antwortete Merle, und Amanda fragte provozierend:

„Du hast doch keine Kinder. Woher willst du das also wissen?"

„Kinder habe ich keine; aber eine liebe Großmutter."

Damit war das Thema beendet, und der Rest der Fahrt verlief schweigend. Amanda hatte sich in ihre Schmollecke zurückgezogen, und Merle verspürte nicht das geringste Interesse Amanda wieder herauszuhelfen.

Als sie bei der Dienststelle angekommen waren, wurden sie mit der Bemerkung empfangen:

„Ihr könnt gleich wieder zurückfahren; die Fehrings haben gerade eine neue Nachricht erhalten..."

*****

Als Amanda und Merle wieder zurück in der Villa waren, fanden sie die beiden Frauen völlig aufgelöst vor.

„Was ist passiert?", fragte Amanda.

Antje Fehring reichte Amanda mit zittrigen Händen wortlos den Brief. Als Amanda danach griff, fiel eine Fotografie zu Boden, welche dem Brief beigefügt war.

Amanda zog sich Gummihandschuhe an und hob die Fotografie auf. Sie zeigte Arne Fehring, der an den Beinen gefesselt auf einem Stuhl saß, und eine Zeitung mit dem aktuellen Tagesdatum vor sich hielt.

„Retten Sie meinen Sohn! Bitte, retten Sie meinen Sohn!"

Antje Fehring wiederholte immer wieder diesen Satz, nur unterbrochen durch heftige Weinkrämpfe.

Helga Fehring hielt ihre Tochter fest. Sie versuchte auf Antje beruhigend einzureden, was jedoch keine Wirkung zeigte.

„Haben Sie gesehen, wie mein Kind aussieht?", schrie Antje, *„was haben diese Verbrecher nur mit ihm gemacht."*

Auf der Fotografie war klar erkennbar, dass Arne misshandelt worden war. Das eine Auge war zugeschwollen, und das Gesicht war blutverschmiert.

Ein Mann betrat das Zimmer. Es handelte sich um Dr. Leitgeb, den Hausarzt der Familie Fehring. Helga Fehring hatte ihn rufen lassen.

Dr. Leitgeb öffnete seine Arzttasche, um ihr eine Injektionsnadel und ein Beruhigungsmittel zu entnehmen.

Antje hatte es bemerkt. Sie schrie den Arzt an, sie wolle kein Beruhigungsmittel. Antjes Mutter gelang es schließlich, Antje doch dazu zu bewegen, sich die Spritze geben zu lassen.

Die Wirkung setzte relativ schnell ein. Antje wurde sichtlich ruhiger. Nun hatte Amanda Zeit, sich den Brief näher anzusehen.

Sie war nicht wirklich überrascht, dass der Inhalt fast Wort für Wort mit dem ersten Brief identisch war. Nur mit dem einen, kleinen Unterschied, dass von *„nochmals 100.000 Euro"* die Rede war.

Amanda reichte Merle den Brief, und fragte dann Antje:

„Wie soll ich das verstehen, Frau Fehring? Gab es schon einmal eine Zahlung?"

Antje verneinte die Frage, was Amanda ihr aber nicht abnahm. Sie wollte gerade nachsetzen, als Helga Fehring sagte:

„Ich habe das Geld bezahlt."

Antje sah entsetzt zu ihrer Mutter und fragte sie:

„Warum hast du mir das nicht gesagt?"

Und bevor Helga Fehring darauf reagieren konnte, sagte Amanda:

„Das hätten Sie nicht tun sollen. Sie hätten das mit der Polizei vorher absprechen müssen."

Was Helga Fehring dann antwortete, schlug wie eine Bombe ein.

„Polizeioberrat Geiger wusste davon, Es war seine Idee, das Geld zu bezahlen."

Amanda und Merle sahen sich verständnislos an. Diese Tatsache warf ein völlig anderes Licht auf den Fall, und vor allem auf POR Geiger.

Lösegeld zu bezahlen widersprach allen Regeln der Polizeiarbeit. Schon auch allein deshalb, weil der erste Brief der Entführer keinen konkreten Hinweis auf die Wahrhaftigkeit der Entführung beinhaltete.

Wieso also hatte der Polizeioberrat die Empfehlung auf Bezahlung ausgesprochen? So absurd es im Moment auch scheinen mochte; es setzte den Kollegen Geiger automatisch auf die Liste der Verdächtigen.

„Wie wurde das Geld übergeben?", fragte Amanda Helga Fehring, und die etwas verschreckte Dame antwortete:

„Nachdem ich angerufen wurde, habe ich das Geld in einen Papierkorb im Stadtpark gesteckt, so wie es mir gesagt wurde."

„Die Entführer haben Sie angerufen?", fragte Amanda aufgeregt, „woher hatten die Ihre Telefonnummer?"

„Ich vermute aus dem Telefonbuch", antwortete Helga Fehring, „da steht sie doch drinnen."

Amanda atmete heftig. Sie hatte gerade ein Problem damit, mit der Einfältigkeit von Helga Fehring kontrolliert umzugehen. Sie fragte mit ruhiger Stimme:

„Haben Sie die Stimme am Telefon erkannt?"

„Nein", antwortete Helga Fehring, „die klang irgendwie ganz komisch."

„Ein Stimmenverzerrer", meldete sich Merle kurz zu Wort.

„Haben Sie das Gespräch zufällig aufgezeichnet?", fragte Amanda, ohne wirklich daran zu glauben.

„Sie meinen, ob ich es aufgeschrieben habe?", fragte Helga Fehring, und Amanda beendete das Gespräch mit einem Kopfschütteln.

Sie wandte sich an Antje Fehring und sagte:

„Dieses Mal unternehmen Sie nichts. Sie halten sich strikt an meine Anweisungen. Haben Sie das verstanden?"

„Natürlich, Frau Holzschuh", antwortete Antje Fehring, *„bitte, glauben Sie mir, ich habe nichts davon gewusst. Es tut mir leid."*

„Ist schon gut, Frau Fehring", antwortete Amanda, *„ich glaube Ihnen ja."*

*****

„Sind Sie noch ganz bei Trost?"

Das Gesicht von POR Geiger hatte sich dunkelrot verfärbt. Er saß Amanda im Verhörraum gegenüber, was Amanda ganz offensichtlich genoss.

Sie mochte den arroganten Zeitgenossen nicht, und sie machte auch keinen Hehl daraus.

„Mäßigen Sie Ihren Ton, Herr Geiger. Sie sitzen hier als Verdächtiger in einem Entführungsfall, und nicht als Leiter dieser Dienststelle."

Amanda hatte sich natürlich volle Rückendeckung bei ihrem Chef im BKA eingeholt, welcher die Vorgangsweise von POR Geiger als unprofessionell und völlig unverständlich deklariert hatte.

Zugegebenermaßen hätte die Befragung nicht zwingend im Verhörraum stattfinden müssen; aber Amanda hätte auf dieses Vergnügen auf gar keinen Fall verzichten wollen.

„Warum haben Sie der Familie Fehring empfohlen das Lösegeld zu bezahlen, und warum steht davon nichts in den Akten?"

„Erstens habe ich es nur Frau Helga Fehring empfohlen, und zweitens wollte sie nicht, dass es offiziell gemacht wird", antwortete POR Geiger.

„Wollen Sie behaupten, Frau Antje Fehring habe davon nichts gewusst?", fragte Amanda weiter.

„Genauso ist es", antwortete der Gefragte, worauf Amanda erwiderte:

„Aber Sie hätten sich als Polizeibeamter niemals auf diesen Kuhhandel einlassen dürfen."

„Es war doch nur eine Gefälligkeit für eine gute Freundin", sagte POR Geiger, der gerade etwas in sich zusammensackte. Die Tragweite seiner Handlung schien ihm erst in diesem Augenblick bewusst zu werden.

„Das war keine Gefälligkeit, Herr Polizeioberrat. Das war eine ausgemachte Dummheit."

Amanda genoss Wort für Wort. Was niemand wissen konnte, war die Tatsache, dass der, vor ihr sitzende Beamte, ihr vor vielen Jahren einen ordentlichen Knüppel zwischen die Beine geworfen hatte.

Es geschah während eines Lehrgangs, bei welchem besagter Herr einer der Leiter war. Er hatte Amanda damals unmissverständliche Avancen gemacht, die zu einer schallenden Ohrfeige geführt hatten.

Daraufhin hatte er Amanda eine vernichtende Beurteilung geschrieben, was ursächlich dafür war, dass sie nicht befördert wurde.

Nun saß sie ihrem Widersacher – Aug in Aug – gegenüber und konnte nicht umhin, einem Anflug von Rachegefühlen ein wenig Raum zu geben.

„Noch nicht einmal ein Polizeischüler hätte ein solches Fehlverhalten wie Sie an den Tag gelegt, Herr Geiger. Das ist Ihnen hoffentlich klar. Und das wird auch Konsequenzen nach sich ziehen."

Das war der finale Todesstoß für den armen Polizeioberrat. Er starrte mit leerem Blick Amanda an, unfähig auch nur ein einziges Wort von sich zu geben.

Amanda empfand in diesem Augenblick beinahe Mitleid mit dem Übeltäter, denn, dass POR Geiger in die Entführung involviert sein könnte, das glaubte sie nicht eine Sekunde lang.

„Sie können gehen; aber halten Sie sich für weitere Befragungen bereit. Ach ja, bevor ich es vergesse; Sie sind vorübergehend vom Dienst suspendiert."

Den letzten Satz hätte sich Amanda gern erspart; aber sie handelte nur auf Anweisung ihres obersten Chefs.

Merle hatte, zusammen mit Frau Dr. von Lüdenau, hinter der Scheibe des angrenzenden Raums die Befragung mitverfolgt.

„Warst du nicht etwas zu hart mit ihm?", fragte sie Amanda, als sie zu ihnen stieß.

„Mag sein", brummelte Amanda, *„aber wenn man auch so blöd ist wie er…"*

„Glaubst du, er hat mit der Entführung etwas zu tun?", fragte Merle weiter, und Amanda antwortete:

„Fragen wir doch die Frau Doktor, was sie dazu meint."

Frau Dr. von Lüdenau rückte ihre Brille zurecht und antwortete dann:

„Man kann so etwas nie ganz ausschließen. Aber bei Herrn POR Geiger bin ich mir zu einhundert Prozent sicher, dass er nicht zu den Entführern gehört."

„Das ist doch einmal eine Ansage", witzelte Amanda, *„und schon haben wir einen Verdächtigen weniger."*

„Haben wir überhaupt noch andere Verdächtige?", fragte Merle, und Amanda antwortete:

„Ich denke schon. Aber darüber reden wir später. Jetzt habe ich erst einmal Hunger. Gehen wir etwas essen."

*****

Die Profilerin hatte Amanda und Merle überraschenderweise zum Essen begleitet. Sie waren zum Chinesen – schräg über die Straße – gegangen.

„Mir geht die Sache mit der ersten Lösegeldzahlung nicht aus dem Kopf", sagte Dr. von Lüdenau, *„ich frage mich, wie ein Entführer einfach bei den Angehörigen anruft, und danach die Nummer mit dem Papierkorb im Park durchzieht."*

„Es geht mir genauso, Frau Doktor", entgegnete Amanda.

„Lassen Sie doch die <Frau Doktor>, Kollegin Holzschuh", sagte die Profilerin, *„mir wäre lieber, wir würden uns beim Vornamen nennen."*

„Einverstanden, Eva", sagte Amanda, *„ich nehme an, das gilt auch für meine Merle?"*

„Natürlich, Amanda", antwortete Eva von Lüdenau.

Amanda rief den Kellner an den Tisch, um drei Grappas zu bestellen.

„Auf die drei Musketiere, immer unterwegs auf dem Pfad der Wahrheit und der Gerechtigkeit."

Die drei Kriminalisten stießen darauf an, und alle hatten in diesem Augenblick das Gefühl, dass sie gut zueinander passten.

„Wenn man sich die Erpresserbriefe und die Vorgehensweise bei der Lösegeldübergabe vor Augen hält, rückt doch die Theorie wieder in den Vordergrund, es könnte sich bei den Entführern um nicht besonders helle Köpfe handeln. Was meint ihr?"

Merle hatte die Frage in den Raum gestellt. Eva nahm den Ball auf und antwortete:

„Im Gegenteil. Ich glaube vielmehr, dass bei diesem Verbrechen viel Intelligenz im Spiel ist. Und ich möchte sogar noch weiter gehen, indem ich sage, dass der oder die Täter im näheren Umfeld des Entführten zu suchen sind."

Merle schaute Amanda fragend an. Amanda überlegt kurz und sagte dann:

„Ich bin geneigt, Eva zuzustimmen. Ich weiß zwar noch nicht warum; aber mein Bauchgefühl sieht das genauso."

„Denkst du an jemand Bestimmten?", fragte Merle, und Amanda antwortete:

„Noch nicht. Wir werden jetzt alle Personen im Umfeld von Arne, seiner Mutter und der Großmutter

abklopfen und sehen, was dabei herauskommt. Aber vorher lasst uns unser Essen genießen."

*****

Befragung von Silke Bender

KHKin Holzschuh: *„In welchem Verhältnis stehen Sie zu Arne Fehring?"*

Silke Bender fühlte sich erkennbar unwohl, als sie Amanda im Verhörraum gegenübersaß.

Silke Bender: *„Ich bin eine Kommilitonin von Arne Fehring."*

KHKin Holzschuh: *„Haben Sie den Eindruck, dass ich Ihnen geistig haushoch unterlegen bin?"*

Silke Bender begann unruhig auf ihrem Stuhl hin und her zu rutschen.

Silke Bender: *„Nein, Frau Kommissar."*

KHKin Holzschuh: *„Warum geben Sie mir dann eine Antwort, die ich schon längst kenne?"*

Die Befragte wurde zusehends nervöser. Sie begann zu schwitzen und zuckte förmlich zusammen, als Amanda in einem schärferen Ton fortfuhr.

KHKin Holzschuh: *„Also frage ich Sie noch einmal. In welchem Verhältnis stehen Sie zu Arne Fehring?"*

Silke Bender: *„Wir sind befreundet."*

KHKin Holzschuh: *„Wie Hänsel und Gretel?"*

Silke Bender: *„Nein, wir hatten eine Beziehung, eine Liebesbeziehung."*

KHKin Holzschuh: *„Na also, Kindchen. Das war doch gar nicht so schwer; oder?"*

Silke Bender schüttelte mit dem Kopf und bat um ein Glas Wasser.

KHKin Holzschuh: *„Was darf es denn sein? Stilles Wasser, wenig Kohlensäure, viel Kohlensäure oder einfach nur Leitungswasser?"*

Silke Bender: *„Leitungswasser, bitte."*

KHKin Holzschuh: *„Kommt sofort. Sehen Sie, Frau Bender, wir bei der Polizei mögen direkte Antworten auf unsere Fragen. Und wenn sie dann noch ehrlich sind, dann freuen wir uns am meisten."*

Amanda stand auf, und mit den Worten *„ich bin gleich wieder zurück"* verließ sie den Raum.

Als sie bei Merle und Eva angekommen war, welche die Befragung mitverfolgt hatten, fragte Amanda:

„Was meint ihr? Hat sie mit der Sache zu tun?"

„Das kann ich mir bei diesem verschreckten Häschen nur sehr schwer vorstellen", kam die überraschende Antwort aus dem Mund von der Profilerin.

Amanda hätte eine solch joviale Wortwahl von der adligen Kollegin nicht erwartet. Merle schloss sich der Meinung von Eva an, und Amanda begab sich zurück in den Verhörraum.

KHKin Holzschuh: *„Sie sagten vorhin, Sie hatten eine Beziehung zu Arne Fehring. Wer hat denn Schluss gemacht? Arne oder Sie?"*

Silke Bender: *„Keiner. Es hat einfach plötzlich aufgehört. Arne hat meine Anrufe nicht mehr angenommen, und zurückgerufen hat er auch nicht. Wahrscheinlich hat er eine andere…"*

KHKin Holzschuh: *„Das tut mir leid, Kindchen. Aber sehen Sie sich nicht immer wieder im Hörsaal?"*

Silke Bender: *„Nein, wir haben verschiedene Studienfächer belegt."*

KHKin Holzschuh: *„Sie wahrscheinlich <Liebe>, und er <Schürzenjäger>, habe ich recht?"*

Silke Bender: *„Nein, nein, Arne ist kein schlechter Mensch."*

 KHKin Holzschuh: *„Mein Gott; Sie lieben ihn ja noch immer. Sie können gehen, und passen Sie auf sich auf!"*

Als Amanda wieder bei ihren Kolleginnen war, sagte sie:

„Es werden wohl immer dieselben Probleme sein zwischen Mann und Frau. Irgendwann muss die Evolution stehen geblieben sein…"

*****

Nachdem sich die drei Frauen darüber einig waren, dass Silke Bender nicht als Täter oder Mithelfer infrage käme, verlegten sie ihr Interesse auf Louis Dubois, den Ex-Mann von Antje Fehring.

Befragung von Louis Dubois

KHKin Holzschuh: *„Herr Dubois, Sie werden sich bestimmt denken können, warum wir Sie zu dieser Befragung gebeten haben."*

Louis Dubois: *„Aber ja doch. Ich soll Ihnen bei der Suche nach meinem Sohn behilflich sein."*

Amanda musste lächeln, als sie das hörte. Da saß ihr nun ein smarter Mann gegenüber, völlig Herr der Lage zu sein scheinend, und lächelte freundlich zurück.

KHKin Holzschuh: *„Nicht ganz, verehrter Monsieur Dubois, nicht ganz. Sie sitzen hier als Verdächtiger…"*

Amanda ließ die Worte erst einmal auf Louis Dubois einwirken. Und das taten sie dann auch. Das Lächeln war aus dem Gesicht des Befragten gewichen und war durch eine besorgte Blässe ersetzt worden.

KHKin Holzschuh: *„Sie sind Spieler, Herr Dubois, und Spieler verlieren in der Regel mehr Geld, als sie gewinnen. Und dann heißt es irgendwann <Rien ne vas plus>[4], nichtwahr?"*

Louis Dubois: *„Was wollen Sie damit sagen?"*

Louis Dubois war aufgesprungen, um das zu sagen. Er hatte erkennbar die Fassung verloren. Von seiner gespielten Souveränität war nichts mehr übriggeblieben.

KHKin Holzschuh: *„Setzen Sie sich wieder hin, Herr Dubois, und mäßigen Sie sich. Oder soll ich Ihnen Handschellen anlegen lassen?"*

Louis Dubois: *„Das wird nicht nötig sein; bitte, entschuldigen Sie, Frau Kommissar."*

KHKin Holzschuh: *„Haben Sie mit der Entführung Ihres Sohnes etwas zu tun?"*

Louis Dubois: *„Nein."*

---

[4] Nichts geht mehr (aus der Roulette-Sprache)

KHKin Holzschuh: *„Woher stammen die Verletzungen in Ihrem Gesicht?"*

Amanda war aufgefallen, dass Louis Dubois diverse Verletzungen im Gesicht hatte, welche auf eine Schlägerei oder Ähnliches hinwiesen.

KHKin Holzschuh: *„Machen Sie jetzt nicht den Fehler und antworten mit irgendeinem Blödsinn, wie <gegen eine Tür gelaufen>, sonst werde ich ernsthaft böse."*

Louis Dubois zögerte, beschloss dann aber doch, die Wahrheit zu sagen.

Louis Dubois: *„Ich wurde geschlagen."*

KHKin Holzschuh: *„Von wem?"*

Louis Dubois zögerte erneut.

KHKin Holzschuh: *„Vom wem, Herr Dubois?"*

Amandas Ton wurde rauer.

Louis Dubois: *„Ich kenne keine Namen."*

KHKin Holzschuh: *„Mangelnde Zahlungsmoral unter Spielern?"*

Louis Dubois nickte. Amanda sah sich das kleine Häuflein Elend an, welches vor ihr saß, überlegte einen kurzen Augenblick, und sagte dann:

„Herr Dubois, ich verhafte Sie wegen des dringenden Tatverdachts, in die Entführung des Arne Fehring involviert zu sein."

*****

Die kleine Stadtwohnung von Arne Fehring entsprach total dem Klischee, das man von einer solchen Behausung hat: nicht gerade sehr aufgeräumt, und der Kühlschrank eingeräumt mit wenig Essbarem, dafür aber mit sehr viel Getränken.

Ein Grand Lit[5] bildete den Mittelpunkt der Wohnung. An der Wand hingen einige Bilder nackter Männerkörper, was die Frage nach der sexuellen Orientierung von Arne Fehring aufwarf.

„Was denkst du?", fragte Merle ihre Chefin, *„ist Arne Fehring schwul?"*

„Schwul, bisexuell, asexuell, das ist doch völlig egal", antwortete Amanda. *„Wenn man heutzutage hip sein will, dann ist man am besten alles."*

„Wenn Arne schwul ist, würde das nicht den Kreis der Verdächtigen erweitern?", fragte Merle.

„Wahrscheinlich", antwortete Amanda, *„aber ich denke nicht, dass Arne schwul ist."*

---

[5] Breiteres Bett für zwei Personen

70

„ Und warum nicht? ",* fragte Merle, und Amanda antwortete:

„ Mein Bauch sagt das. Und er hat mich noch nie belogen. Außerdem stehen im Kühlschrank einige Flaschen Champagner und keine einzige Flasche Bier. Und Champagner ist wohl kaum das typische Getränk eines schwulen Kerls. "

Als Amanda und Merle auf der Dienststelle zurück waren, erhielt Amanda einen seltsamen Anruf von Antje Fehring.

„ Hallo, Frau Holzschuh! "

„ Hallo, Frau Fehring! "

„ Ich bekam eine SMS auf mein privates Smartphone, ich soll um punkt 15:00 Uhr online sein, um die Modalitäten für die Übergabe für das Lösegeld zu erfahren. "

„ Wo sind Sie jetzt, Frau Fehring? "

„ Ich bin zu Hause. "

„ Gut, Frau Fehring. Unternehmen Sie bitte nichts. Wir fahren jetzt gleich zu Ihnen, um über das weitere Vorgehen mit Ihnen zu sprechen. "

„ In Ordnung. "

„ Also dann bis gleich! "

Amanda hatte ihr Telefon auf LAUT gestellt, sodass die anderen das Gespräch mithören konnten.

„Jetzt hat der Entführer die Hosen heruntergelassen", sagte Eva, und Merle fragte:

„Was meinst du damit?"

„Ich meine den Unsinn mit der falschen Orthografie. Die neue Vorgangsweise mit der SMS deutet klar darauf hin, dass sich der Täter uns überlegen fühlt."

„Er will mit uns spielen?", sagte Amanda, *„das kann er haben."*

Um punkt 15:00 Uhr läutete das Smartphone von Antje Fehring. Es war die einkommende SMS:

„100.000 Euro in ein wasserdichtes Behältnis geben und bereithalten. Weitere Anweisungen folgen."

Amanda hatte die SMS mitgelesen, und sagte nun zu Antje Fehring:

„Schreiben Sie zurück, Sie bestehen auf ein Lebenszeichen von Arne, sonst erfolgt keine Zahlung."

Antje Fehring schaute Amanda verständnislos an und sagte:

„Ist das nicht zu gefährlich? Ich habe Angst, dass Sie Arne etwas antun."

„*Machen Sie, was ich Ihnen gesagt habe. Schreiben Sie!*"

Amanda hatte diese Anweisung in einem scharfen Tonfall von sich gegeben. Antje übergab ihr Smartphone an Amanda und sagte, fast ein wenig trotzig:

„*Ich kann das nicht. Machen Sie es doch!*"

Amanda reichte das Smartphone an Merle weiter, die der Generation <SMS und Co.> ein Stück weit näher war als Amanda.

Merle tippte den Text in Antjes Smartphone. Dann warteten alle. Es dauerte nicht lange, und die Antwort kam:

„*Sie werden ein Lebenszeichen per Post erhalten. Sie haben es so gewollt.*"

Die Frauen sahen einander an. Jede von ihnen fragte sich gerade, was diese kryptische Äußerung wohl zu bedeuten habe.

Antje war die Erste, welche darauf reagierte.

„*Was meinen die damit?*", fragte sie, und Angst schwang in ihrer Stimme mit.

Amanda ahnte nichts Gutes. Sie antwortete dennoch völlig pragmatisch:

„*Warten wir einfach ab, was uns der Postbote bringen wird.*"

Als Amanda mit Merle und Eva wieder zur Dienststelle zurückfuhr, fragte sie Eva:

„Was glaubst du, will der Entführer damit andeuten?"

„Ich habe einen schlimmen Verdacht", antwortete Eva.

„Raus damit!", sagte Amanda, *„ist es das, was ich auch glaube?"*

Merle hatte bis dahin nur zugehört. Jetzt schaltete auch sie sich ein.

„Mein Gott, so sagt doch endlich, was ihr glaubt."

„Er wird Arne ein Ohr oder einen Finger abschneiden", sagte Amanda.

Merle blickte entsetzt zu Eva, welche den ausgesprochenen Verdacht von Amanda mit einem Kopfnicken bestätigte.

Es sollte nur wenige Tage dauern, bis der schreckliche Verdacht zur Wirklichkeit wurde.

In einem kleinen Päckchen lag der abgetrennte Finger einer menschlichen Hand.

*****

„*Bitte, beruhigen Sie sich*", sagte Amanda zu Antje Fehring, als sie den Finger, welchen sie dem Päckchen entnommen hatte, in ihrer Hand hielt.

Antje Fehring war mit dem ungeöffneten Päckchen ins Kommissariat gefahren, um es Amanda zu bringen.

„*Ich habe mich nicht getraut, das Päckchen zu öffnen.*"

Mit diesen Worten hatte Antje Amanda das Päckchen überreicht.

„*Es war richtig, dass sie es nicht geöffnet haben*", sagte Amanda, die bereits eine Vorstellung davon hatte, was das Päckchen beinhalten könnte.

Antje Fehring rannen die Tränen über das Gesicht, als sie sagte:

„*Das ist der Finger von Arne.*"

„*Sachte, sachte*", versuchte Amanda Antje Fehring zu beruhigen, „*das müssen wir erst einmal kriminaltechnisch untersuchen, bevor wir vom Schlimmsten ausgehen.*"

„*Das ist nicht nötig*", sagte Antje Fehring, „*es ist ohne Zweifel der Finger von meinem Arne.*"

„*An was machen Sie das fest?*", fragte Amanda, die sicher war, dass Antje recht hatte.

„*Der kleine Finger von Arnes rechter Hand ist verkrüppelt*", antwortete Antje Fehring, „*das ist ein Geburtsfehler. Arne war eine Zangengeburt.*"

Amanda hatte das sehr wohl registriert, aber nichts gesagt. Was Antje Fehring jedoch übersehen hatte, war ein kleiner Ring, welcher auf dem Finger steckte.

Amanda nahm ihn ab und zeigte ihn Antje. Es war ein Ring in Form eines Herzens, mit einem Rubin bestückt. Den hatte Antje ihrem kleinen Sohn geschenkt, als Zeichen dafür, dass der missgebildete Finger etwas ganz Besonderes sei.

Antje Fehring schrie auf.

„*Was sind das für Monster, die so etwas tun?*"

Merle sah entsetzt zu Amanda. Es war Merles erste Begegnung mit den Abgründen menschlichen Seins. Für Amanda hatte ein solches Szenario schon längst seine Schrecken verloren.

„*Wir werden die Täter fassen, Frau Fehring.*"

Merles Vollmundiges Versprechen zog einen strafenden Blick von Amanda nach sich. Eine eiserne Regel von Amanda lautete:

„*Verspreche niemals einem betroffenen Angehörigen die Aufklärung eines Verbrechens!*"

Merle verstand den Blick von Amanda; aber sie bereute nicht, dass sie das gesagt hatte. Es war ihr

76

ganz einfach ein Bedürfnis, Frau Fehring ein wenig Zuspruch zukommen zu lassen.

Nachdem Antje Fehring gegangen war, setzen sich Amanda, Merle und Eva zusammen.

Die Theorie, dass Arne Fehring selbst mit seiner Entführung zu tun hätte, war mit einem Schlag vom Tisch. Darüber waren sich alle einig.

„Was hat eigentlich die Auswertung von Mails und Telefon ergeben?", fragte Amanda, und Merle antwortete.

„Auf den ersten Blick nichts. Aber vielleicht sollten wir uns das noch einmal genauer anschauen."

„Aber vorher möchte ich ein paar Takte mit unserem Pathologen sprechen. Und ihr kümmert euch inzwischen um die Telefonlisten; auch von Mutter und Großmutter."

Mit diesen Worten machte sich Amanda – zusammen mit dem kleinen Finger der rechten Hand von Arne Fehring – auf den Weg zum Gerichtsmediziner.

*****

„Hallo! Ist der Pathologe nicht da?"

Amanda fragte die Frau, welche gerade sauber zu machen schien.

77

„Nein", kam die knappe Antwort der angesprochenen Person.

„Können Sie den Herrn bitte anrufen oder anpiepsen, damit er kommt?"

„Nein."

Amanda musste sich gerade sehr beherrschen ob der Kaltschnäuzigkeit dieser Person.

„Wollen Sie nicht oder können Sie nicht?", fragte Amanda in leicht gereiztem Ton.

„Also erstens bin ich kein Vogel, und zweitens habe ich keinen Pager[6], um damit jemand anpiepsen zu können."

Amanda drohte die Fassung zu verlieren, als die Frau hinzufügte:

„Aber wenn es um etwas Fachliches geht, dann könnten Sie mich fragen. Schließlich habe ich das lange genug studiert."

Amanda brauchte eine Weile, bis der Groschen bei ihr gefallen war. Das breite Grinsen der Frau half jedoch wesentlich dabei.

„Sind Sie…?"

„Ja, ich bin", antwortete die Frau in Weiß.

---

[6] Personenrufempfänger

„Mein Name ist Dorothée Moreau. Meine Freunde nennen mich <Dodo>. Und wer sind Sie?"

„Ich bin Amanda Holzschuh, die Leiterin der <Soko Fehring>, antwortete Amanda, die sich ein wenig erholt hatte.

„So ein langer Name", sagte die Pathologin, *„wenn es Ihnen nichts ausmacht, dann nenne ich Sie <Ada>, das ist wesentlich kürzer."*

Amanda betrachtete die Pathologin etwas genauer. Groß, schlank, kurzes Haar, vielleicht etwas burschikos; aber nicht unsympathisch.

„Wieso gerade <Ada>?", fragte Amanda, und Dodo antwortete:

„Nun, der erste und der letzte Buchstabe Ihres Namens, und dazwischen noch das <d>, damit man es besser aussprechen kann."

Amanda musste lächeln über den sehr speziellen Humor der Pathologin.

„Ich möchte mich bei Ihnen entschuldigen, wegen vorhin", sagte Amanda, *„und ich hoffe, Sie nehmen meine Entschuldigung an."*

„Ein gemeinsames Essen wäre mir lieber und auch viel angebrachter", erwiderte die Pathologin, *„finden Sie nicht auch?"*

„Wann und wo?", entfuhr es Amanda.

Die Pathologin erstaunte sich über die prompte Antwort.

„Heute Abend bei mir. Ich werde uns etwas Feines kochen. Mögen Sie Französisch?"

Es durchzuckte Amanda. Sie erkannte eine Zweideutigkeit in der Frage, und sie fühlte, wie eine leichte Röte in ihr aufstieg.

„Ja, sehr sogar", sagte Amanda, und Dodo antwortete mit einem Lächeln:

„Das wird ganz sicher ein wunderbarer und aufregender Abend. Aber kommen wir jetzt erst einmal zu dem Anlass Ihres Besuches."

Amanda war wie ferngesteuert. Sie hielt der Pathologin den Päckcheninhalt entgegen und sagte:

„Schauen Sie sich das bitte einmal an. Ich hätte gern Ihre fachkundige Meinung dazu."

„Uns wo ist der Rest?", fragte die Pathologin, als sie den Finger in der Hand hielt.

„Der wurde entführt", antwortete Amanda.

„Das ist prima", antwortete die Pathologin, *„dann habe ich weniger zu tun."*

„Sehr speziell, sehr speziell", ging es Amanda durch den Sinn, und dann schaute sie Dodo zu, wie diese den Finger genau untersuchte.

„*Eine sehr gute Arbeit*", sagte Dodo, „*ich hätte das nicht besser machen können.*"

„*Wie meinen Sie das, Frau Doktor?*", fragte Amanda, und zog sich damit eine Rüge zu.

„*Dodo*", sagte die Pathologin, „*ich habe dir doch gerade gesagt, dass mich meine Freunde <Dodo> nennen dürfen. Und du bist doch meine Freundin, Ada. Oder nicht?*"

Das nahtlose Übergehen vom „SIE" zum „DU" hatte Amanda völlig überrumpelt, und gottergeben hauchte sie ein „JA".

„*Der Finger wurde äußerst gekonnt von der Hand abgetrennt*", wandte sich jetzt die Pathologin wieder ihrem Fachgebiet zu.

„*Das heißt, ein Arzt oder eine Ärztin hat das gemacht*", sagte Amanda, und Dodo antwortete:

„*Nicht zwingend, meine liebe Ada. Ein Medizinstudent mit fortgeschrittenem Studium könnte das genauso gemacht haben.*"

„*Kannst du mir in etwa sagen, wann die Amputation durchgeführt wurde?*", fragte Amanda, und Dodo lächelte, weil Amanda mühelos das „DU" verwendet hatte.

„*Nicht auf Anhieb, meine Liebe. Da spielen verschiedene Faktoren eine Rolle*", antwortete Dodo.

„*Das muss ich erst eingehend untersuchen. Ich kann dir heute Abend sicher mehr darüber sagen.*"

„*Dann bis später*", erwiderte Amanda und verließ die Pathologin mit einem Kribbeln im Bauch, wie sie es schon sehr lange Zeit nicht mehr verspürt hatte.

*****

Es duftete herrlich, als Amanda am Abend die Wohnung von Dodo betrat. Dodo bewohnte ein Penthouse, von welchem man einen herrlichen Blick auf die Stadt und die Ostsee hatte.

„*Das Essen ist gleich fertig*", empfing Dodo ihren Gast, als sie Amanda den Mantel abnahm. Amanda roch den lasziven Duft eines edlen Parfums, als Dodo hinter ihr stand.

Ihre Gastgeberin trug eine schwarze Hose und eine rote Bluse. Obwohl Dodo sehr schlank war, konnte man deutlich schön geformte Brüste darunter erkennen.

„*Was möchtest du als Aperitif*", fragte Dodo, „*einen Martini oder lieber ein Glas Champagner?*"

„*Überrasche mich, mein Schatz*", antwortete Amanda spaßig, die sich längst darüber im Klaren war, was die beiden Frauen verband, und auch, wie der Abend enden würde.

82

Dodo ging auf Amanda zu und umfasste ihr Gesicht mit beiden Händen. Dann fanden sich ihre Lippen zu einem innigen Kuss.

„Ich bin sehr froh, dass wir einander begegnet sind", sagte Doro, und Amanda antwortete:

„Das bin ich auch, mein Schatz. Und jetzt möchte ich Champagner."

„Bekommst du, ma chérie", antwortete Dodo, *„so viel, wie du willst."*

Das Essen war ausgezeichnet. Dodo hatte einen Coq au Vin zubereitet, und dazu einen Beaujolais Cru kredenzt.

„Das Essen war vorzüglich", sagte Amanda, *„wo hast du so gut kochen gelernt?"*

„Von meinem Papa", antwortete Doro, *„wie du ja unschwer erkennen kannst, habe ich einen französischen Namen. Mein Papa stammt aus der Nähe von Paris und Mama ist ein deutsches Gewächs."*

Amanda musste lachen. Sie fragte Doro:

„Und woher hast du deinen ganz speziellen Humor?"

Doro schaute Amanda mit ihren feurigen Augen an und antwortete:

„Was denkst du?"

„Wenn du mich so fragst", antwortete Amanda, *„dann vermute ich, dass er eher nicht deutsch ist."*

„Bravo, chérie", antwortete Doro, *„du hast richtig geraten. Und zur Belohnung darfst du mich jetzt lieben."*

Amanda erschrak. Es war schon recht lange her, dass sie mit einer Frau geschlafen hatte. Nach mehreren Enttäuschungen hatte sie sich eine Pause auferlegt, die inzwischen schon über ein Jahr dauerte.

„Hast du keine Lust, dann sag es mir bitte chérie", sagte Doro, *„damit kann ich umgehen."*

Amanda bekam Tränen in die Augen. Sie stand auf, ging um den Tisch herum und umarmte Doro.

„Liebe mich, bitte liebe mich", sagte sie, *„ich wünsche es mir so sehr."*

„Es ist gut, chérie", erwiderte Doro, *„alles ist gut."*

Dann führte sie Amanda ins Schlafzimmer und umhüllte sie mit all ihrer Zärtlichkeit und Leidenschaft.

„Ich fühle mich seit langer Zeit wieder einmal geborgen", sagte Amanda und gab Doro einen Kuss.

Doro lächelte. Sie streichelt Amanda und erwiderte:

„Das ist gut, chérie. Und jetzt lass uns schlafen. "

Amanda kuschelte sich an Doro und sagte leise:

„Ich liebe dich, mein Schatz. Ich liebe dich so sehr. "

„Ich liebe dich auch, ma bijou,[7] " flüsterte Doro, *„und jetzt schließe deine Augen, ich bin müde... "*

*****

„Hast du im Lotto gewonnen? ", fragte Merle, als Amanda am nächsten Morgen zur Tür hereinkam. Die sprühend gute Laune, welche Amanda mitbrachte, hatte Erstaunen bei Merle ausgelöst.

Amanda war eher ein Morgenmuffel, und vor dem ersten Kaffee eher nicht ansprechbar.

„So etwas Ähnliches", antwortete Amanda, *„nur noch viel besser. "*

Bevor Merle nachsetzen konnte, fragte Amanda:

„Gibt es schon Ergebnisse? Habt ihr bei der Durchsicht der Listen etwas Neues gefunden? "

---

[7] Kleinod, Juwel (Kosename)

„Das nicht", antwortete Merle, „aber die Untersuchung des Päckchens hat etwas gebracht."

„Und was?", fragte Amanda.

„Halte dich fest", antwortete Merle, „wir haben Fingerabdrücke von Louis Dubois darauf gefunden."

„Ist nicht wahr", sagte Amanda freudig, „das nenne ich eine gute Nachricht. Holt den Kerl sofort her!"

Wenig später saß Louis Dubois im Verhörraum.

„Ich habe gute Nachrichten für uns; aber sehr schlechte für Sie", begann Amanda das Verhör.

„Monsieur Dubois, ich frage sie noch einmal: Haben Sie mit der Entführung von Arne Fehring etwas zu tun?"

„Und ich antworte Ihnen ein weiteres Mal: Nein!"

Louis Dubois hatte sein „NEIN" förmlich hinausgeschrien.

„Das ist dumm, verehrter Monsieur", sagte Amanda mit ruhiger Stimme, „denn wir haben Ihre Fingerabdrücke auf dem Umschlag gefunden, in welchem sich der abgetrennte Finger Ihres Sohnes, Arne Fehring, befand."

Louis Dubois wurde blass. Sein Blick irrte unruhig hin und her.

„*Das kann nicht sein*", rief er plötzlich, „*Sie wollen mich reinlegen. Sie brauchen einen Sündenbock, und weil sie keinen Täter haben, nehmen Sie mich.*"

„*Hören Sie sich eigentlich selber zu, was Sie da sagen?*", erwiderte Amanda, „*die gefundenen Fingerabdrücke sind eindeutig Ihnen zuordenbar.*

Wenn Sie Ihre Lage verbessern wollen, dann rate ich Ihnen dringend ein Geständnis abzulegen und uns zu sagen, wo wir Arne Fehring finden."

„*Das ist doch verrückt*", erwiderte Louis Dubois, „*ich habe meinen Sohn nicht entführt, und ich weiß daher auch nicht, wo er sich befindet.*"

„*Ihr Sohn <befindet> sich nicht, Herr Dubois*", herrschte Amanda den Verdächtigen an, „*Ihrem Sohn wurde ein Finger abgetrennt, und er braucht jetzt dringend ärztliche Versorgung.*

Wenn Sie nicht wollen, dass er an einen Wundbrand verstirbt, dann sagen Sie auf der Stelle, wo er versteckt ist."

„*Ich weiß es doch nicht*", antwortete Louis Dubois, und in seiner Stimme schwang deutlich erkennbar Verzweiflung mit.

Amanda verließ den Raum, um mit Eva im Hinterraum zu sprechen.

„*Was meinst du?*", fragte sie die Profilerin, „*spielt er uns den Ahnungslosen nur vor?*"

„*Ich denke nicht*", antwortete Eva, „*für mich sieht es echt aus. Das schließt aber nicht aus, dass er in die Entführung involviert ist.*"

„*Das sehe ich genauso*", bestätigte Amanda, und ging in den Verhörraum zurück.

„*Monsieur Dubois*", begann Amanda wieder mit normaler Tonlage, „*dann erklären Sie uns doch bitte, wie Ihre Fingerabdrücke auf den Umschlag gekommen sind.*"

„*Und wenn Sie mich das noch hundertmal fragen*", antwortete Louis Dubois, „*ich weiß es nicht.*"

„*Also gut*", sagte Amanda, „*dann gebe ich die Unterlagen an die Staatsanwaltschaft weiter, und er wird die Anklage wegen Entführung und schwererer Körperverletzung vorbereiten.*

Und Sie haben in Ihrer Zelle genügend Zeit, darüber nachzudenken, ob ein Geständnis Ihre Lage nicht verbessern könnte."

Der uniformierte Beamte vor der Tür brachte Louis Dubois in eine Zelle, und Amanda setzte sich mit Eva und Merle zwecks „Kriegsberatung" zusammen.

„*Hast du das vorhin ernst gemeint, dass Arne Fehring an Wundbrand versterben könnte?*", fragte Merle, und Amanda antwortete:

„*Ich habe mit Doro, ich meine natürlich Frau Dr. Moreau, darüber gesprochen, und sie meinte, dass die*

Amputation fachgerecht durchgeführt wurde, und dass keine unmittelbare Gefahr für Arne Fehring bestünde. "

Amanda hätte sich am Liebsten die Zunge abgebissen, dass ihr das „Doro" einfach so herausgerutscht war. Die vielsagenden Blicke ihrer Kolleginnen trafen sie wie feine, kleine Nadelstiche.

Aber dennoch traute sich keine von beiden, diesbezüglich eine Bemerkung zu machen.

„Bedeutet das, dass bei den Entführern ein Arzt mit im Spiel ist? ", fragte Merle.

„Nicht zwingend, wenn es nach Dr. Moreau geht", antwortete Amanda, *„sie meint, dass ein fortgeschrittener Medizinstudent durchaus dazu imstande wäre. "*

„Du hast dich wohl länger mit Dr. Moreau damit befasst", sagte Merle, und im selben Moment, in welchem sie es gesagt hatte, bereute sie es auch schon wieder.

Amandas zürnender Blick traf sie unmittelbar, was Merle veranlasste, kleinlaut hinzuzufügen:

„Ich meine ja nur... "

Die Profilerin rettete Merle, indem sie fragte:

„Also suchen wir jetzt im Umfeld von Louis Dubois einen Arzt oder einen Medizinstudenten bzw. eine Studentin. "

„*Das ist der Plan, liebe Eva*", antwortete Amanda, deren Blick nach wir vor auf Merle ruhte.

Merle, die gerade dabei war, ihre Meinung, dass Amanda nicht lesbisch wäre, zu revidieren, fühlte sich wie das Kaninchen vor der Schlange.

Sie versuchte sich aus der Umklammerung durch Amandas Blick mit einem Lächeln zu befreien, was schlussendlich auch zum Erfolg führte.

„*Ich möchte, dass du das übernimmst*", sagte Amanda zu Merle.

„*Wird gemacht, Amanda*", quittierte Merle mit großer Erleichterung die Aufforderung ihrer Kollegin.

„*Und du schaust dir bitte noch einmal die Vernehmungsprotokolle von Louis Dubois an. Vielleicht entdeckst du etwas, was wir bisher übersehen haben.*"

Eva bestätigte die Bitte von Amanda mit einem Kopfnicken, und Amanda machte sich auf den Weg zur Villa Fehring.

*****

„*Haben Sie Arne schon gefunden?*"

Es war der verzweifelte Versuch einer Mutter auf ein Wunder.

„*Nein*", antwortete Amanda und überlegte gerade, ob sie Antje Fehring die Sache mit den Fingerabdrücken von Louis Dubois erzählen sollte.

Amanda beschloss es nicht zu tun. Stattdessen sagte sie:

„*Leidet Ihr Sohn an einer Krankheit oder hat er irgendwelche Allergien?*"

„*Wieso fragen Sie das?*", erwiderte Antje Fehring.

„*Routine, liebe Antje*", antwortete Amanda, „*reine Routine*".

Der Gebrauch des Vornamens von Antje Fehring hatte sich im Unterbewusstsein von Amanda einfach aufgedrängt, und Amanda war froh darüber.

Antje Fehring tat ihr leid, und ein wenig menschliche Wärme konnte ja nicht schaden.

Amanda musste spontan an Doro denken. Die Nacht mit ihr hatte Amanda verändert, und ihr Gefühle wieder zurückgebracht, die sie sich selbst lange Zeit verboten hatte.

„*Arne ist gesund*", antwortete Antje Fehring. „*Die üblichen Kinderkrankheiten halt; aber die spielen wohl keine Rolle. Und von irgendwelchen Allergien ist mir nichts bekannt.*"

„*Das ist gut, Antje*", bestätigte Amanda.

„Möchten Sie vielleicht einen Tee?", fragte Antje, und Amanda sagte dankend zu.

„Ich bin sehr froh, dass sie hier sind, Amanda", sagte Antje, als sie den Tee servierte, und fragte dann:

„Haben Sie Kinder?"

„Nein, leider nicht", antwortete Amanda, eine Notlüge gebrauchend, denn einen Kinderwunsch gab es zu keiner Zeit in Amandas Leben.

„Ich hätte gern noch weitere Kinder gehabt", sinnierte Antje, „aber es hat wohl nicht sein sollen. Und jetzt verliere ich vielleicht noch mein einziges Kind..."

„So etwas dürfen Sie erst gar nicht denken", sagte Amanda, „man darf die Hoffnung nie aufgeben."

„Ist es nicht so, dass die Entführungsopfer getötet werden, wenn die Entführer ihr Geld bekommen haben?"

Amanda sah Antje an und schwieg. Was hätte sie ihr auch antworten sollen, zumal es in den meisten Fällen ja auch zutraf.

„Hat Arne irgendwelche Beziehungen oder Verbindungen zu Medizinstudenten oder zu einem Arzt?"

Diese Frage hatte sich Amanda urplötzlich aufgedrängt, ohne dass sie wusste, woher sie kam.

„*Da fällt mir nur Dr. Leitgeb, unser Hausarzt ein*", antwortete Antje, „*aber ich werde meine Mutter rufen. Die weiß sowieso mehr über meinen Sohn als ich.*"

Im letzten Teil ihrer Ausführung schwang bei Antje eine leise Wehmut mit. Antje griff zum Telefon und bat ihre Mutter um ihr Erscheinen.

Nachdem sich Amanda und Helga Fehring begrüßt hatten, stellte Amanda die Frage noch einmal.

„*Da fällt mir nur Frauke Gerling ein*", antwortete Helga Fehring, „*eine entzückende, kleine Person.*"

„*Wer oder was ist Frauke Gerling?*", fragte Amanda, und Helga Fehring antwortete:

„*Eine Verflossene von Arne*", antwortete Helga Fehring. „*Ich persönlich habe es sehr bedauert, als die Beiden auseinandergingen.*"

„*Studiert Frauke zufällig Medizin?*", fragte Amanda, und Helga Fehring antwortete:

„*Ja. Habe ich das nicht gesagt?*"

„*Nein, Mutter*", sagte Antje, „*das sagtest du nicht.*"

„*Doch, doch*", erwiderte Helga Fehring, „*Frauke studiert Medizin. Sie wird bestimmt einmal eine sehr gute Ärztin.*"

Antje wandte sich nun Amanda zu und fragte:

„Warum wollen Sie das wissen, Amanda? Ist das wichtig?"

„Das kann ich noch nicht sagen", antwortete Amanda und trank ihren Tee aus.

„So, jetzt muss ich aber wieder gehen. Vielen Dank für den Tee. Ich werde Sie weiter auf dem Laufenden halten."

Danach verabschiedete sich Amanda von den beiden Damen und verließ sie mit dem Gefühl, eine neue Tür im Fall „Entführung Arne Fehring" aufgestoßen zu haben.

*****

In den darauffolgenden Tagen überschlugen sich die Ereignisse. Louis Dubois hatte versucht, sich in seiner Zelle zu erhängen. Einem aufmerksamen Wachbeamten war es gerade noch gelungen, den Inhaftierten wiederzubeleben.

Louis Dubois hatte in einem Abschiedsbrief seine Unschuld beteuert und Antje Fehring gewünscht, sie möge ihren gemeinsamen Sohn bald wieder zurückhaben.

Als Antje Fehring davon erfuhr, ist sie zusammengebrochen.

Daraufhin ordnete Amanda ein Brainstorming[8] an. Alle Fakten wurden auf den Tisch gelegt, und jeder, dem dazu etwas einfiel, war herzlich eingeladen, das kundzutun.

Einer der wichtigsten Beiträge kam von einem jungen Beamten, der gerade seine Kommissar-Prüfung bestanden hatte.

Er stellte die Frage, ob der Entführte je im Hinblick auf finanziellen Hintergrund, Gewohnheiten, Studienfortgang etc. überprüft wurde.

Amanda sah sich den jungen Mann an und sagte dann:

„Bravo, Junge! Aus dir wird bestimmt einmal ein guter Ermittler."

Die anwesenden Kollegen sahen einander an, gleichwohl wie auch Amanda und ihre zwei engsten Mitarbeiterinnen.

„Davon konnten wir ja nicht ausgehen, oder?", fragte Merle, fast ein wenig entschuldigend, und Amanda antwortete:

---

[8] Gemeinsames Bemühen, durch spontane Einfälle die Lösung für ein Problem zu finden

„*Blödsinn. Davon hätten wir sogar ausgehen müssen, wenn wir ordentliche Polizeiarbeit gemacht hätten.*"

Das hatte gesessen. Merle war überrascht solche Worte aus Amandas Mund zu hören.

In diesem Augenblick läutete Amandas Telefon. Eine aufgeregte Stimme sagte, dass Amanda augenblicklich kommen müsse, denn es sei etwas Schreckliches passiert.

Die Anruferin war Helga Fehring. Amanda versuchte sie zu beruhigen; aber es funktionierte nicht. Helga Fehring wiederholte gebetsmühlenartig immer wieder:

„*Sie bringen ihn um. Sie bringen meinen kleinen Arne um.*"

„*Ganz ruhig, Frau Fehring*", sagte Amanda, „*ich bin gleich bei Ihnen.*"

Amanda wandte sich an Merle und Eva und sagte:

„*Wir müssen sofort los. Es ist etwas Schreckliches passiert.*"

„*Was denn?*", fragte Merle, und Amanda antwortete:
„*Das weiß ich nicht; aber ich fürchte, es wird uns nicht gefallen.*"

Als die drei Kriminalisten in der Villa ankamen, wurden sie schon sehnlichst von Helga Fehring erwartet.

„Wo ist Ihre Tochter?", fragte Amanda, und Helga Fehring antwortete:

„Sie ist in ihrem Schlafzimmer. Dr. Leitgeb ist bei ihr. Er hat ihr eine Beruhigungsspritze gegeben."

„Was ist denn passiert, Frau Fehring?", fragte Amanda.

Helga Fehring hielt ein Taschentuch in ihren Händen, welches sie unablässig zusammenknüllte. Dazwischen benützte sie es immer wieder zum Abwischen ihrer Tränen.

„Da, sehen Sie sich das an!", sagte Helga Fehring und deutete auf einen Laptop, der auf dem Tischchen stand.

Amanda betätigte die Enter-Taste, um eine Videobotschaft zu starten. Was dann zu sehen war, erklärte den verzweifelten Zustand von Mutter und Großmutter Fehring.

Arne Fehring saß gefesselt auf einem Stuhl, angestrahlt von einer Lampe, und mit einem Sack über dem Kopf.

Auf seinem Schoß lag ein Karton, auf welchem zu lesen stand: *„LETZTE WARNUNG!"*

Eine Person mit einer Skimaske ging zu Arne und nahm ihm den Sack vom Kopf herunter. Es folgte ein Schlag mit der Hand auf Arnes Kopf.

Arne begann zu sprechen, was jedoch nicht zu hören war. Irgendetwas mit dem Ton war offensichtlich nicht in Ordnung.

Der Zustand von Arne war erbarmungswürdig. Spuren körperlicher Misshandlungen waren zu erkennen, ebenso wie nackte Angst und Verzweiflung.

Die Person mit der Skimaske schlug Arne zwischendurch immer wieder auf den Kopf.

Dann war der Bildschirm schwarz.

„Was war mit dem Ton?", fragte Merle.

„Das müssen sich unsere Techniker anschauen", antwortete Amanda und fragte dann Helga Fehring, wie sie zu der Aufnahme gekommen sei.

„Die CD kam mit der Post", antwortete Helga Fehring. *„Antje hat sie gleich in den Computer gesteckt, und dann ist sie zusammengebrochen. Ich habe dann Sie angerufen, damit Sie sich das ansehen."*

„Das haben Sie genau richtig gemacht, Frau Fehring", erwiderte Amanda. *„Wir nehmen die CD jetzt mit, um sie analysieren zu lassen. Wir melden uns dann wieder bei Ihnen. Und richten Sie Ihrer Tochter liebe Grüße aus. Wir werden alles daran setzten, Ihren Arne zu befreien."*

Helga Fehring schaute Amanda mit leeren Augen an und sagte:

„Ich werde meinen Arne wohl nicht mehr sehen; die bringen ihn sicher um…"

„Nicht doch, Frau Fehring", erwiderte Amanda, *„wir wollen die Hoffnung nicht aufgeben. Sie haben ja gesehen, dass Arne noch lebt."*

„Aber wie lange noch?", sagte Helga Fehring. Sie drehte sich um, um das Zimmer zu verlassen. Beim Hinausgehen sagte sie leise:

„Ich muss nach meiner Tochter sehen; es geht ihr gar nicht gut."

*****

Die Techniker auf der Dienststelle hatten alles versucht, den Ton der CD wiederherzustellen; aber ohne Erfolg. Zur großen Überraschung von Amanda, sagten sie, dass die Sprachaufnahme von Arne ohne Ton vorgenommen worden wäre.

Was jedoch noch seltsamer war, dass Nebengeräusche von den Technikern festgestellt worden waren.

„Wie ist das möglich?", fragte Amanda, *„das verstehe ich nicht."*

Einer der Techniker gab die überraschende Antwort, indem er sagte:

„Für mich sieht das aus, als hätte man das absichtlich gemacht."

Jetzt war die Verwirrung groß.

„Das ergibt doch überhaupt keinen Sinn", sagte Merle und sah zu Eva.

„Vielleicht ja doch", erwiderte Eva, um die Verwirrung noch größer zu machen.

„Wie meinst du das?", fragte Amanda, und Eva antwortete:

„Das kann ich erst genauer sagen, wenn uns eine Lippenleserin darüber Aufklärung verschafft hat, was Arne auf dem Video gesagt hat."

Es dauerte noch bis zum nächsten Nachmittag, bis eine Lippenleserin gefunden war. Die Lippenleserin war ein ER und hörte auf den Namen Peter Brenner.

Peter Brenner war eine Ausnahme, denn die Fähigkeit, Lippen zu lesen, ist normalerweise Frauen vorbehalten. Aber Peter Brenner war ein Hauptgewinn.

Er sah sich das Video mehrmals an, mit der Begründung, er müsse sich quasi erst einlesen. Aber dann lieferte er.

Amanda und die beiden Kolleginnen standen hinter Peter Brenner, als dieser synchron den Text wiedergab, den Arne Fehring gesprochen hatte, der jedoch akustisch nicht wahrnehmbar war.

„Hallo Mama! Ich bitte dich, das Lösegeld sofort zu bezahlen, weil ich sonst sterben werde. Bitte, folge den Anweisungen meiner Entführer. Ich liebe dich!"

Als Peter Brenner fertig war, fragte Amanda ihn, ob er sich auch nicht geirrt habe. Der Lippenleser sah sich beinahe in seiner Berufsehre gekränkt, als Amanda ihn noch einmal fragte.

Als Peter Brenner gegangen war, nicht ohne von Amanda herzlichst bedankt worden zu sein, fragte Amanda Eva:

„Und was schließt du daraus?"

„Arne Fehring hat sich selbst entführt."

Diese Antwort der Profilerin schlug wie eine Bombe ein.

Amanda war ebenso sprachlos wie Merle. Sie schaute Eva prüfend an, bevor sie fragte:

„Weißt du, was du gerade eben behauptet hast?"

„Ja", antwortete Eva, *„und ich bin mir völlig sicher."*

Es folgte ein langer Moment des Schweigens, bevor Merle fragte:

„Und woran machst du das fest?"

„Es waren mehrere Faktoren, die mich stutzig gemacht haben."

„Und die wären?"

Es lag eine gewaltige Portion Skepsis in Amandas Frage. Eva überging es und antwortete:

„Das erste Foto von Arne, wie er – an den Beinen gefesselt – die aktuelle Tageszeitung vor sich hält. Und dann die Zeichnung in seinem Gesicht, ausgelöst durch brutale Gewalt."

„Was passt daran nicht?", fragte Merle.

„Wenn Entführer den ersten Kontakt zu den Angehörigen herstellen, dann richten sie ihr Opfer nicht so zu. Sie wollen ja nicht den Eindruck vermitteln, als wäre es schon halb tot.

Und dann die Haltung von Arne, völlig aufrecht. Wenn man mich so malträtiert hätte, dann säße ich eher in mich zusammengesunken auf dem Stuhl."

„Aber die Verletzungen im Gesicht, und das geschwollene Auge, das spricht eine andere Sprache", äußerte Merle weiter ihre Zweifel an Evas Beurteilung.

„Hast du schon einmal etwas von Maskenbildner und Theaterschminke gehört?", fragte Eva süffisant.

„Du spielst auf die eventuelle Homosexualität von Arne an", mischte sich jetzt Amanda ein. „Und am Theater ist diese Neigung ja nicht fremd."

„Jetzt verstehe ich", sagte Merle. „Ihr glaubt, dass Arne einen schwulen Freund am Theater haben könnte. Vielleicht sogar einen Maskenbildner."

„Bingo!", sagte Amanda und fragte dann Eva:

„Warum hast du uns deinen Verdacht nicht gleich mitgeteilt?"

„Das wollte ich ja auch", antwortete Eva, „aber dann passierte die Geschichte mit dem abgetrennten Finger. Und da habe ich meinen Verdacht wieder fallen lassen.

Welcher normale Mensch lässt sich einen Finger abschneiden, um eine Lösegeldsumme zu erpressen? Zumal das ja nicht gerade eine Kleinigkeit ist."

„Die Fragestellung ist falsch", sagte Amanda mit einem verschmitzten Lächeln.

„Wie meinst du das, Amanda?", fragte Merle, und Amanda antwortete triumphierend:

„Wie verzweifelt muss ein Mensch sein, wenn er zu einer solchen Tat fähig ist?"

„*Das ist es*", rief Eva freudig aus, „*das ist der Schlüssel.*"

„*Es kommen ja wohl nicht allzu viele Gründe dafür in Frage*", sagte Amanda, und wie aus einem Munde kam die Antwort: „*Schulden!*"

„*Habt ihr den finanziellen Background von Arne schon recherchiert?*", fragte Amanda, und Merle antwortete:

„*Haben wir.*"

„*Was ist dabei herausgekommen?*", fragte Amanda weiter, und Merle antwortete:

„*Sein Konto bewegt sich im Rahmen seines Dispos. Es gehen regelmäßige Zahlungen von Mamas Firma ein, die er aber sofort wieder abhebt.*

Seine Wohnung und sein Sportwagen dürften bezahlt sein. Von irgendwelchen Verpflichtungen konnten wir nichts feststellen."

„*Dann bleiben nur noch Spielschulden*", sagte Eva, und Amanda, wie auch Merle, schlossen sich dieser Meinung an.

*****

„Guten Morgen, Kollegen; wir möchten Sie auf den neusten Stand der Dinge bringen."

Mit diesen Worten begrüßte Amanda die versammelte Mannschaft der „Soko Fehring".

„Wir gehen davon aus, dass die Entführung von Arne Fehring ein Fake[9] ist."

Diese Nachricht löste ein allgemeines Raunen unter den Kollegen aus.

Amanda bat um Ruhe und fuhr fort:

„Wir konzentrieren uns nun auf die Suche nach einem Maskenbildner und einer weiteren Person mit fundierten medizinischen Kenntnissen.

Wenn jemand Beziehungen zum hiesigen Theater hat, könnte das äußerst hilfreich sein. Und noch etwas; ich bitte um strengste Geheimhaltung.

Sollte etwas davon nach außen dringen, könnte das den Ermittlungen schaden. Ich danke Ihnen. Und jetzt frisch ans Werk!"

Es war wieder der junge Kollege mit der bestandenen Kommissar-Prüfung, der Amanda ansprach, um ihr die freudige Botschaft zu verkünden.

„Ich kenne einen jungen Schauspieler am Theater. Er ist ein ehemaliger Schulkollege von mir."

---

[9] Amerik. Jargon-Begriff für eine Fälschung

„*Bravo, Junge!*", sagte Amanda begeistert, „*das ist eine gute Nachricht. Kannst du Kontakt zu ihm aufnehmen und ihn befragen, ob er Arne Fehring schon einmal im Theater gesehen hat?*"

„*Das mache ich gern, Frau Holzschuh*", kam die euphorische Antwort des jungen Kollegen, und Amanda erwiderte:

„*Wenn deine Recherchen Erfolg haben, gehen wir zwei ein Bier trinken, und du kannst danach DU zu mir sagen.*"

Der junge Kommissar strahlte über das ganze Gesicht, und machte sich sofort hoch motiviert an die Arbeit.

„*Du hast eine bemerkenswerte Art, Menschen zu motivieren*", sagte Eva lachend, „*aber der Erfolg gibt dir recht.*"

„*Eine Sache ist für mich noch nicht schlüssig*", sagte Merle, „*wir gehen von Spielschulden aus, haben aber noch keinen wirklichen Beweis dafür gefunden.*"

„*Was meinst du konkret damit?*", fragte Amanda, und Merle antwortete:

„*Läge es nicht nahe, dass Arne zunächst einmal seine eigenen Möglichkeiten ausschöpft, bevor er eine solche Verzweiflungstat begeht?*

Ich meine, dass er sein Konto über den Rahmen hinaus überzieht, oder dass er einen Kredit aufnimmt?"

„Du vergisst eine weitere Möglichkeit", erwiderte Amanda. „Was ist mit seiner Mutter oder mit Oma Helga?"

„Ich denke da eher an Oma Helga", sagte Eva. „Denkt daran, sie hat schon einmal bezahlt."

„Dann lasst uns Oma Helga besuchen", sagte Amanda, „mal schauen, was sie uns zu sagen hat."

*****

„Haben Sie Neuigkeiten für uns?", fragte Antje Fehring, als Amanda mit ihren beiden Kolleginnen sie aufsuchte.

„Ich glaube, wir sind einen großen Schritt weitergekommen", antwortete Amanda und fragte dann:

„Ist Ihre Mutter im Haus?"

„Ich denke schon", antwortete Antje Fehring, „warum fragen Sie?"

„Weil wir sie sprechen müssen. Können Sie sie bitte rufen?"

Antje nahm ihr Telefon und wählte die Nummer ihrer Mutter.

„*Sie wird gleich kommen*", sagte Antje und startete einen weiteren Versuch.

„*Was wollen Sie denn von meiner Mutter?*"

„*Gleich, Antje*", erwiderte Amanda, „*dann muss ich es nicht zweimal erzählen.*"

Antje beugte sich der Antwort von Amanda, blieb aber ihrem unguten Gefühl weiterhin verhaftet.

„*Guten Tag, meine Damen*", begrüßte Helga Fehring Amanda und ihre Begleitung. „*Haben Sie gute Nachricht für uns?*"

Die scheinbare Gelassenheit von Helga Fehring verwirrte Amanda ein wenig und bewog sie zu fragen:

„*Geht es Ihnen gut, Frau Fehring?*"

„*Danke, es geht mir gut*", antwortete Helga Fehring, „*aber ich glaube nicht, dass Sie extra zu uns gekommen sind, um sich nach meinem Befinden zu erkundigen.*"

Die Verwirrung von Amanda nahm zu. Sie beschloss den Stier bei den Hörnern zu nehmen.

„*Haben Sie Ihrem Enkel gelegentlich Geld geliehen? Ich meine größere Summen?*"

Während Antje Fehring gerade das Gesicht zu entgleisen drohte, veränderte sich die Mimik von Helga Fehring nicht um eine Spur.

Sie saß da, völlig versteinert, und starrte Amanda nur an. Es schien fast so, als hätte Helga Fehring mit dieser Frage gerechnet.

„Haben Sie meine Frage verstanden?", wiederholte Amanda; aber Helga Fehring schwieg weiter.

„Wieso fragen Sie meine Mutter das?"

Antje Fehring hatte ihre Fassung wiedergewonnen. Ihr vorwurfsvoller Blick traf auf Amanda, prallte aber von dieser ab.

Wenn vor wenigen Augenblicken die These eher wacklig daherkam, Arne hätte seine Entführung nur vorgetäuscht, so stand sie jetzt auf festen Beinen.

„Fragen Sie Ihre Mutter doch selbst!", antwortete Amanda, ohne ihren Blick abzuwenden.

„Bitte antworte, Mutter", sagte Antje Fehring, *„hast du Arne Geld geliehen?"*

Es dauerte noch eine geraume Weile, bevor Helga Fehring antwortete.

„Ja, ich habe Arne Geld gegeben."

„Geht das auch genauer? Wann und wie viel?"

Der Ton in Amandas Stimme war fordernder geworden. Sollte Helga Fehring je Sympathie für Amanda empfunden haben, so hatte sich die in diesem Augenblick gerade verabschiedet.

Helgas Blick ließ einen Anflug von Wut erkennen, als sie antwortete:

„Das geht sie überhaupt nichts an; das ist meine Privatsache."

„Wenn wir bei einem Verbrechen ermitteln, dann geht uns das sehr wohl etwas an, verehrte Frau Fehring", antwortete Amanda, und hob damit den Fehdehandschuh auf, den ihr die alte Dame zugeworfen hatte.

Antje Fehring hatte das sehr wohl bemerkt, und sie bemühte sich um das Glätten der Wogen.

„Bitte, Mutter! Gib der Frau Holzschuh die gewünschte Auskunft. Sie will uns doch nur helfen."

„Zwei, drei Mal, vielleicht", kam die Antwort nur zögerlich über Helga Fehrings Lippen.

„Und wie viel?"

„Ein paar Tausend Euro, vielleicht", ergänzte die Gefragte.

Amanda hatte genug. Sie wollte sich nicht länger von Helga Fehring zum Narren halten lassen.

„*Vielen Dank, Frau Fehring, für Ihre Mithilfe*", sagte Amanda, „*Sie haben uns sehr geholfen.*"

Amanda stand auf und deute ihren Begleiterinnen, sie mögen ihr folgen. Dann gab sie Antje Fehring die Hand und sagte:

„*Es hätte uns viel Arbeit und Mühe erspart, hätte ihre Mutter mit offenen Karten gespielt.*"

„*Seien Sie ihr nicht böse, Frau Holzschuh. Meine Mutter liebt ihren Enkel über alles*", erwiderte Antje Fehring, „*es tut mir leid.*"

„*Ist schon gut. Wir melden uns wieder.*"

Als Amanda mit ihren Kolleginnen im Auto saß, fragte Merle:

„*Warum hast du ihnen nichts von unserem Verdacht gesagt?*"

„*Damit die Alte uns wieder in die Suppe spuckt?*"

„*Na, na, immer langsam mit den jungen Pferden*", sagte Eva. „*Du wirst dich doch von der alten Dame nicht provozieren lassen?*"

Amanda holte tief Luft. Es war gerade so viel, dass sie nicht noch einen draufsetzte.

„*Du hast ja recht*", antwortete sie. „*Aber ich könnte verrückt werden bei so viel Affenliebe.*"

„*Es hat ja auch nicht viel gefehlt*“, sagte Merle.

„*Ich weiß gar nicht, warum ich mir von dir so viel gefallen lasse, du freches Gör*“, erwiderte Amanda, die inzwischen wieder lachen konnte.

„*Ganz einfach*“, antwortete Merle, „*weil du mich liebst.*“

*****

„*Was für ein verrückter Tag…*“

Amanda lag in Dodos Armen. Dodo streichelte Amanda übers Haar und gab ihr dazwischen immer wieder einen Kuss auf ihr Haupt.

„*Jetzt bist du ja hier, chérie*“, sagte Dodo und fragte dann:

„*Möchtest du vielleicht darüber reden?*“

„*Nein*“, antwortete Amanda, „*aber du könntest mir eine Frage beantworten.*“

„*Was für eine denn?*“, erwiderte Dodo, und Amanda fragte:

„*Warum gerade ich?*“

„*Was meinst du damit, chérie?*“, fragte Dodo.

112

Amanda genoss es, wenn Dodo sie „chérie" nannte. Es klang so wunderbar, so liebevoll, und die Art, wie Dodo es sagte, machte dieses Wort zu etwas ganz Besonderem.

„Warum hast du gerade mich auserwählt?"

Dodo unterbrach ihr zärtliches Streicheln keinen Augenblick.

„Nunuche[10], das weißt du doch", antwortete Dodo, *„damit ich jemand habe, der mich pflegt, wenn ich alt und gebrechlich bin."*

Amanda drehte sich um und packte Dodo an den Schultern. Sie rüttelte sanft daran und sagte:

„Du Scheusal; nimmst du den gar nichts ernst?"

„Doch, chérie", antwortete Dodo, *„meine Arbeit und unsere Liebe."*

„Was heißt eigentlich <Nunuche>?", fragte Amanda, und Dodo antwortete:

„Das heißt < kleine Elfe>, chérie."

„Das gefällt mir", antwortete Amanda, *„das kannst du ruhig öfter zu mir sagen."*

„Bien sûre,[11] das werde ich gern tun", antwortete Dodo mit einem ausgeprägten Lächeln.

---

[10] Dummerchen

„Muss die Wunde regelmäßig versorgt werden, wenn jemand einen Finger abgeschnitten bekommt? ", fragte Amanda. *„Und muss man das in einem Krankenhaus machen? "*

„Der Verband muss regelmäßig gewechselt werden, und eventuell muss man auch die Wunde reinigen. Das muss aber nicht zwingend in einem Krankenhaus geschehen. "

„Möchtest du jetzt doch über deinen Tag reden? ", fragte Dodo, aber Amanda wehrte heftig ab.

„Nein, natürlich nicht. Entschuldige bitte. Ich bin schrecklich. Kannst du mir verzeihen? "

„Vielleicht; aber dann musst du sehr lieb zu mir sein ", antwortete Dodo.

„Meinst du vielleicht das? ", fragte Amanda.

Amanda hatte begonnen Dodo am ganzen Körper zu küssen. Dodo bäumte sich lustvoll auf und erwiderte:

„Genau das habe ich gemeint. Und hör ja nicht auf damit, chérie. Hörst du? "

*****

---

[11] Natürlich

Der tüchtige, frisch gebackene Kommissar, der auf den Namen Immo Jensen hörte, bat Amanda um eine Unterredung.

„*Was wünschen Sie, junger Mann?*", fragte Amanda, und der junge Mann antwortete:

„*Gilt Ihr Angebot noch, das mit dem Bier und dem DU?*"

„*Natürlich*", antwortete Amanda, „*ich stehe zu meinem Wort. Und deswegen hast du mich gestört, Jungchen?*"

„*Nein*", antwortete KK Jensen, „*und das Jungchen hat auch einen Namen.*"

„*Was du nicht sagst*", erwiderte Amanda, „*und verrätst du ihn mir auch?*"

„*Ich heiße Immo Jensen.*"

Amanda musste herzlich lachen. KK Jensen schaute sie verwundert an und fragte:

„*Was ist daran denn so lustig?*"

„*Du hast Glück, dass deine Eltern nicht <Bilie> mit Nachnamen heißen.*"

Es dauerte eine Weile, bis KK Jensen den Wortwitz erkannte.

„*Das hat noch niemand zu mir gesagt*", kam die erlösende Reaktion von Immo Jensen.

„*Da siehst du einmal, was für eine schlaue Tante deine Chefin ist*", sagte Amanda und fuhr dann fort:

„*Und jetzt sagst du mir endlich, was du willst.*"

„*Ich habe mit meinem Schulkameraden gesprochen und etwas Interessantes herausgefunden.*"

KK Jensen ließ dem bemerkenswerten Satz genügend Zeit, um zu wirken.

„*Ich glaube, unser Immo wartet auf Applaus*", sagte Amanda und begann zu applaudieren. Merle und Eva schlossen sich an.

KK Jensen wurde verlegen, und er beeilte sich den Rest der Geschichte lückenlos nachzureichen.

„*Als ich René das Bild von Arne Fehring gezeigt habe, hat er ihn sofort erkannt. Er kommt öfter in die Garderobe zu den Schauspielern.*

Und Walli kennt Arne Fehring auch."

„*Ich nehme einmal an, dass René dein Schulfreund ist*", sagte Amanda, „*aber wer ist Fräulein Walli?*"

„*Walli ist ein Mann und heißt eigentlich Walter*", antwortete KK Jensen, „*aber alle nennen ihn nur <Walli>.*"

„Ist das auch ein Schauspieler?", fragte Eva.

„Nein", antwortete KK Jensen, *„Walli ist Masken-bildner."*

„Und vermutlich eine Tunte", ergänzte Merle.

Über die Gesichter des Kriminal-Dreigestirns ging ein helles Strahlen.

„Das ist der Durchbruch", sagte Amanda. Sie stand auf, ging zu KK Jensen, umarmte ihn, und sagte:

„Du bist ab sofort nur mir unterstellt, und kannst ab sofort DU zu mir sagen. Die beiden heißen Merle und Eva. Und das mit dem Bier holen wir nach."

*****

Befragung von Walter „Walli" Solenau

KHKin Holzschuh: *„Herr Solenau, oder soll ich <Walli> sagen?*

Sie wissen, warum Sie hier sind?"

Walter Solenau: *„Ich habe keine Ahnung."*

KHKin Holzschuh: *„Nein? Das überrascht mich.*

117

Ich dachte, Sie würden das mit Kennerblick sofort bemerken. "

Walter Solenau sieht verunsichert zu Amanda. Amanda fährt mit der Hand über ihr Gesicht.

KHKin Holzschuh: *„Ich denke, man könnte doch sicher etwas machen. Das Alter hat schon deutlich erkennbar Spuren in meinem Gesicht hinterlassen. Finden Sie nicht auch?*

Da gibt es doch Mittel, wie Botox oder Schminke… "

Walter Solenau: *„Was wollen Sie von mir? "*

KHKin Holzschuh: *„Das Gleiche, was Sie auch bei Arne Fehring gemacht haben, eine kleine Veränderung hier, eine Korrektur da… "*

Walter Solenau: *„Ich kenne keinen Arne Fehring. "*

KHKin Holzschuh: *„Oh, oh, oh. Falschaussage, Behinderung der Justiz, Beihilfe bei der Vortäuschung einer Straftat. Da kommt einiges zusammen.*

Ich schätze ein bis zwei Jahre; natürlich ohne Bewährung. Und dann das Gefängnis. Die mögen dort Tunten ganz besonders. Sie werden allerhand zu tun bekommen.

Und mit der Arbeit am Theater ist es dann für alle Zeit vorbei. Ich schätze, Sie werden eine Umschulung

118

machen müssen. Vielleicht als Klofrau auf der Auto-bahn."

Walter Solenau: *„Hören Sie auf!"*

KHKin Holzschuh: *„Wo ist Arne Fehring?"*

Walter Solenau sinkt in seinem Stuhl zusammen.

Walter Solenau: *„Ich wurde gezwungen mitzuma-chen."*

KHKin Holzschuh: *„Natürlich, Walli. Sag uns jetzt, wo wir Arne Fehring finden. Vielleicht reicht es dann für eine Strafe auf Bewährung."*

Walter Solenau überlegt fieberhaft. Schließlich ringt er sich durch, die Wahrheit zu sagen.

Walter Solenau: *„In einer Jagdhütte. Sie gehört ei-nem Freund von Arne Fehring."*

KHKin Holzschuh: *„Wie heißt der Freund, und wo ist diese Jagdhütte?"*

Walter Solenau: *„Wie der Freund heißt, weiß ich nicht; aber die Jagdhütte könnte ich Ihnen auf einer Karte zeigen."*

KHKin Holzschuh: *„Kannst du den Freund be-schreiben? Wie sieht er aus?"*

Walter Solenau: *„Ich habe den Mann nur einmal gesehen; aber da trug er eine Maske."*

Amanda verlässt den Raum, um eine Karte zu besorgen. Als sie zurückkommt, fordert sie Walter Solenau auf, die Stelle auf der Karte zu markieren, an welcher sich die besagte Waldhütte befinden soll.

KHKin Holzschuh: *„Hör jetzt gut zu. Ich werde dich jetzt freilassen, und du verhältst dich so, als wäre nichts geschehen.*

Eine Person, die du nicht sehen kannst, wird dir auf Schritt und Tritt folgen, wie dein eigener Schatten.

Solltest du auf die aberwitzige Idee kommen, Arne Fehring zu warnen, dann wirst du ratzfatz in einer Zelle landen, wo man dir einen sehr warmen Empfang bereiten wird. Hast du das verstanden?"

Walter Solenau nickt heftig als Zeichen der Zustimmung. Wenig später verlässt er das Kommissariat.

Merle und Eva hatten das Verhör die ganze Zeit über mitverfolgt. Als Amanda zu ihnen stieß, erwartete sie durch die Kolleginnen größtes Unverständnis.

„Wieso lässt du den Kerl laufen", fragte Merle, *„traust du dem wirklich?"*

„Man kann nur hoffen, dass ihn sein Beschatter nicht aus den Augen verliert", sagte Eva, welche die Skepsis von Merle teilte.

„Es gibt keinen Beschatter", antwortete Amanda.

Merle und Eva sahen sich ungläubig an.

„*Bist du verrückt?* “, stieß Merle aufgeregt hervor.

„*Piano, piano, junge Dame* “, sagte Amanda, *"pass auf, was du sagst.* “

„*Entschuldigung* “, kam es reuevoll über Merles Lippen, der bewusst geworden war, dass sie gerade übers Ziel hinausgeschossen war.

Amanda sah Merle noch einen kurzen Augenblick strafend an und sagte dann:

„*Glaubt ihr wirklich, Walli geht das Risiko ein, von einem oder mehreren Zellengenossen von hinten zärtlich umarmt zu werden?*

Ich glaube das auf gar keinen Fall. Walli ist nicht aus dem Holz geschnitzt, aus dem Helden gemacht werden. “

Diesem Argument konnten sich weder Merle noch Eva verschließen und sie gaben Amanda im Nachhinein ihren Segen zu deren Vorgangsweise.

„*Dann werden wir den Vogel einmal aus seinem Nest holen und in einen Käfig sperren. Was meint ihr dazu?* “

„*Mit dem größten Vergnügen* “, antworteten Merle und Eva.

*****

Eine Sondereinheit der Polizei verhaftete noch in derselben Nacht Arne Fehring und einen gewissen Sven Klüver, Assistenzarzt im St. Vinzenz.

Die beiden ließen sich widerstandslos festnehmen. Walli hatte es tunlichst unterlassen, sie zu warnen.

Die Freude über den Fahndungserfolg wurde durch die Nachricht getrübt, dass Louis Dubois einen weiteren Suizidversuch unternommen hatte.

Im Gegensatz zu seinem ersten, war der zweite erfolgreich. Er hatte einen Chlorreiniger getrunken. Als man ihn gefunden hat, war es schon zu spät.

Eine Putzfrau hatte das Reinigungsmittel in einer der Toiletten vergessen.

*****

Befragung von Arne Fehring

KHKin Holzschuh: *„Was ist das für ein Gefühl, wenn man seine eigene Mutter und Großmutter – aus Jux und Tollerei - in den Glauben versetzt, man würde schwerstens misshandelt werden und sogar mit dem Tode bedroht?"*

Arne Fehring: *„Das habe ich nicht aus Jux und Tollerei gemacht, Frau Kommissar; es geschah aus einer Notlage."*

KHKin Amanda Holzschuh schlägt mit der Faust auf den Tisch und herrscht den Befragten an.

KHKin Holzschuh: *„Bullshit![12] Das ist Bullshit, Herr Fehring, und das wissen Sie auch. Was Sie als Notlage bezeichnen, ist lediglich Ausdruck Ihrer charakterlichen Schwäche.*

Sie sind ein verwöhnter Fratz, der mit einem goldenen Löffel im Mund geboren wurde, und trotzdem nie satt wurde.

Also, was war der wahre Grund für dieses widerwärtige Possenspiel?"

Arne Fehring: *„Geldprobleme, ich hatte große Geldprobleme."*

KHKin Holzschuh: *„Haben Sie – auch nur für einen kurzen Moment – einmal daran gedacht, wie sich Ihre Mutter und Großmutter fühlen mussten? Wie viel Angst sie ausgestanden haben?*

Das hätte sie im schlimmsten Fall das Leben kosten können. Ihre Mutter ist mehrmals zusammengebrochen."

---

[12] Amerikanischer Vulgärausdruck für Schwachsinn

Arne Fehring: „*Das wollte ich nicht. Aber hätten sie gleich bezahlt, dann wäre das ganze sehr schnell zu Ende gewesen.*"

KHKin Amanda Holzschuh kämpft mit sich. Sie muss sich sehr zurückhalten, um den Befragten nicht körperlich zu züchtigen.

KHKin Holzschuh: „*Wir groß waren Ihre Spielschulden?*"

Arne Fehring: „*Achtzigtausend Euro.*"

KHKin Holzschuh: „*Achtzigtausend Euro? Ich höre wohl nicht recht. Sie haben doch bei der ersten Zahlung einhunderttausend Euro von Ihrer Großmutter erhalten. Das waren zwanzigtausend Euro mehr, als Sie gebraucht haben. Wieso dann die zweite Forderung nach nochmals einhunderttausend Euro?*"

Arne Fehring: „*Die habe ich gebraucht, um mich mit meinem Lebenspartner nach Südamerika absetzten zu können.*"

Amanda Holzschuh scheint sprachlos. Sie schaut dem Beschuldigten eindringlich ins Gesicht.

KHKin Holzschuh: „*Empfinden Sie eigentlich so etwas wie Reue für das, was Sie Ihrer Mutter und Großmutter angetan haben?*"

Arne Fehring: „*Nein.*"

Der Beschuldigte gibt diese Antwort prompt, ohne auch nur einen Augenblick darüber nachgedacht zu haben.

KHKin Holzschuh: *„Sie sind ein Monster, Herr Fehring. Meine Verachtung für Sie ist grenzenlos."*

Arne Fehring: *„Warum? Nur weil ich mir holen wollte, was mir zusteht?"*

KHKin Holzschuh: *„Das müssen Sie mir jetzt aber genauer erklären."*

Arne Fehring: *„Sie haben gesagt, ich wäre mit einem goldenen Löffel im Mund geboren worden. Das ist richtig. Richtig ist aber auch, dass ich zwar Wohnung, Auto und Geld von meiner Mutter erhalten habe, aber viel lieber Zeit von ihr bekommen hätte.*

Sie hat die Zeit, die sich ein Kind von seiner Mutter wünscht, viel lieber in der Firma verbracht als mit mir."

KHKin Holzschuh: *„Aber Ihre Großmutter hat sich doch liebevoll um sie gekümmert."*

Arne Fehring: *„Das ist richtig. Sie ist auch zu den Sprechtagen in die Schule gegangen, und sie hat mich zu den Schulfesten begleitet, während bei den anderen Kindern die Eltern anwesend waren. Ich habe mich oft deswegen geschämt."*

KHKin Holzschuh: *„Was ist mit Ihrem Vater? War der nicht für Sie da?"*

Arne Fehring: *„Anfangs schon. Aber schon bald waren Golf und Frauen wichtiger für ihn."*

KHKin Holzschuh: *„Ist Ihnen überhaupt bewusst, wie vielen Menschen Sie mit Ihrer egoistischen Aktion geschadet haben?"*

Arne Fehring zuckt mit den Schultern. In seinem Gesicht finden sich keinerlei Spuren von Betroffenheit oder gar Reue.

KHKin Holzschuh: *„Beginnen wir mit Ihrer Mutter. Glauben Sie im Ernst, sie hat Sie nicht geliebt, nur weil Sie nicht genug Zeit für Sie hatte?*

Ihre Mutter ist eine gebrochene Frau. Sie wird nie wieder einem Menschen vertrauen können, nachdem, was Sie ihr angetan haben.

Und Ihre Großmutter, die Ihnen all ihre Liebe geschenkt hat, und die Sie mit Geld versorgt hat. Sie haben Sie schändlich hintergangen.

Dann wäre da Walli. Eine einfältige Person, die Ihnen gefallen wollte, weil Sie in Sie verliebt war, und die alles für Sie getan hätte.

Und wen ich nie verstehen werde, das ist Ihr Liebhaber, Sven Klüver. Sie haben Ihn dazu verführt wider seinen hippokratischen Eid zu handeln.

Damit hat er sich seine ganze Zukunft verdorben, und dafür wird er Gefängnis bekommen. Nennen Sie das Liebe? Sind Sie überhaupt dazu fähig?"

Arne Fehring beginnt zu grinsen.

Arne Fehring: *„Ich habe keinen gezwungen, bei diesem Spiel mitzumachen. Sie haben es alle freiwillig getan, und es hat ihnen sogar Spaß gemacht."*

KHKin Holzschuh: *„Sie scheinen sogar noch stolz darauf zu sein, was Sie getan haben. Ich frage mich gerade, was wohl der zutreffendere Aufenthaltsort für sie wäre: Gefängnis oder Klapse.*

Arne Fehring behält sein Grinsen bei.

KHKin Holzschuh: *„Haben sie Ihren Vater geliebt?"*

Arne Fehring: *„Sehr sogar; ich liebe ihn noch immer."*

KHKin Holzschuh: *„Das ist leider nicht mehr möglich; Ihr Vater hat sich Ihretwegen umgebracht."*

Arne Fehrings Grinsen vergeht. An seine Stelle tritt Betroffenheit. Er beginnt zu weinen. Die Tränen rinnen ihm lautlos über sein Gesicht.

KHKin Holzschuh: *„Sie tun mir leid."*

Arne Fehring nimmt eine trotzige Haltung ein.

Arne Fehring: *„Das können Sie sich getrost an den Hut stecken, verehrte Frau Kommissar."*

KHKin Holzschuh: *„Das würde ich sehr gern tun, verehrter Herr Fehring; aber ich trage keine Hüte."*

KHKin Amanda Holzschuh will schon aufstehen, um das Verhörzimmer zu verlassen; setzt sich aber wieder nieder.

KHKin Holzschuh: *„Ein paar Fragen hätte ich da noch, wenn es Ihnen nicht zu viel ist."*

Arne Fehring: *„Immer her damit. Ich helfe gern, Frau Kommissar."*

KHKin Holzschuh: *„Woher wusste die Presse von der Entführung, noch bevor die Polizei davon Wind bekam?*

Und wieso waren Sie sich offenbar sicher, dass Ihre Großmutter die geforderte Summe bezahlen würde?"

Arne Fehring: *„Das mit der Meldung in der Presse habe ich selber lanciert. Und dass meine Omi bezahlen würde, war mir völlig klar. Sie hat mich vom ersten Atemzug an geliebt, und sie wird es auch weiter tun. Darauf können Sie Gift nehmen, Frau Kommissar."*

KHKin Holzschuh: *„Was mich aber am meisten interessiert: Warum haben Sie die Lösegeldsumme so niedrig gehalten? Sie hätten doch wesentlich mehr fordern können. Geld genug wäre ja da gewesen."*

128

Arne Fehring: *„Ich wollte lediglich meine Spiel-schulden bezahlen, zuzüglich eines kleinen Taschen-geldes."*

KHKin Holzschuh: *„Eine letzte Frage noch, Herr Fehring. Ihre Antwort würde mich brennend interes-sieren."*

Arne Fehring gibt sich interessiert.

KHKin Holzschuh: *„Was hat Sie dazu gebracht, Ihre eigene Entführung zu inszenieren. Ich meine jetzt nicht die Beschaffung von Geld, sondern den mentalen Hintergrund."*

Arne Fehring hält inne. Es scheint, als wolle er den Eindruck erwecken, er würde angestrengt über diese Frage nachdenken. Plötzlich lächelt Arne Fehring.

Arne Fehring: *„Jetzt habe ich es: Es sind die Gene meines verehrten Herrn Papa, Monsieur Dupont, dem Spieler."*

KHKin Holzschuh ist angewidert.

KHKin Holzschuh: *„Sie sind durch und durch ver-dorben, und ich hoffe, der Richter wird Sie für sehr lange Zeit wegsperren."*

Arne Fehring: *„Da muss ich wohl froh sein, dass Sie nicht mein Henker sind."*

Arne Fehring genießt diesen Satz.

KHKin Holzschuh: „*Das können Sie auch, Sie Bestie in Menschengestalt. Leider gibt es die Todesstrafe nicht mehr bei uns; aber Sie könnten das ja gern auch selber machen...* "

KHKin Amanda Holzschuh beendet an dieser Stelle die Befragung und weist den Beamten vor der Tür an, den Gefangenen in seine Zelle zu bringen.

KKin Merle Bach und die Profilerin, Eva von Lüdenau, die hinter der Glaswand stehen, schauen einander entsetzt an.

*****

„*Das ist eine unglaubliche Geschichte* ", sagte Eva, als Amanda nach der Befragung mit ihr und Merle zusammensaß.

„*Wie kann man nur so abgebrüht sein* ", fügte Merle hinzu.

„*Lasst es gut sein, Mädels* ", erwiderte Amanda, „*das Böse hat viele Gesichter, und die Dummheit der Menschen kennt keine Grenzen. Aber jetzt lasst uns mit KK Immo ein Bier trinken gehen, damit ich meine Schulden bei ihm begleichen kann.*

Amanda ließ die beiden Frauen mit KK Jensen schon einmal vorausgehen.

„Ich muss nur noch kurz telefonieren; dann komme ich nach."

Amanda wählte Dodos Nummer.

„Hallo, mein Schatz. Der Fall ist gelöst. Ich gehe mit den Mädels noch kurz auf ein Bier, bevor ich nach Hause komme."

„Ist gut, chérie. Und fahr vorsichtig. Es kann sein, dass es nebelig wird."

„Keine Angst, ich werde immer zu dir finden; selbst im dicksten Nebel..."

*****

Nachtrag:

Arne Fehring wurde – wegen Vortäuschens einer Straftat zu 4 ½ Jahren Gefängnis verurteilt.

Sven Klüver, Assistenzarzt wurde wegen Beihilfe zu 2 Jahren Gefängnis verurteilt. Außerdem wurde im von der Bundesärztekammer – wegen unwürdigen Verhaltens – die Approbation entzogen.

Walter „Walli" Solenau, Maskenbildner am hiesigen Theater, und unglücklich verliebter Mitläufer, wurde zu 1 Jahr Gefängnis auf Bewährung verurteilt.

Gegen KHKin Amanda Holzschuh wurde ein Disziplinarverfahren angestrengt, wegen ungebührlichen Verhaltens, während des letzten Verhörs von Arne Fehring.

Das Verfahren wurde jedoch – auf Weisung eines Senators – eingestellt. Helga Fehring hatte dafür gesorgt.

Nur wenige Monate später verstarb Helga Fehring. Sie wurde in der Familiengruft der Fehrings beigesetzt.

POR Geiger fiel die Karriereleiter hinauf. Er wurde ins Ministerium versetzt, wodurch die Gefahr, weiterhin größeren Schaden anzurichten, minimiert wurde.

Antje Fehring gab – nach langem Zögern – dem Werben von Jan Feddersen nach. Die Trauung wurde in aller Stille vollzogen.

Die Beziehung zwischen Dodo und Ada hält inzwischen schon über zwei Jahre an, und es bleibt zu wünschen, dass sie noch länger währt…

*****